Johannes Hösle

VOR ALLER ZEIT

Johannes Hösle

VOR ALLER ZEIT

Geschichte einer Kindheit

Verlag C.H.Beck

ISBN 3 406 46102 6

Gesamtherstellung: Freiburger Graphische Betriebe, Freiburg
Gedruckt auf säurefreiem, alterungsbeständigem Papier
(hergestellt aus chlorfrei gebleichtem Zellstoff)
Printed in Germany

I. Vor aller Zeit

Gott war überall. Er hörte alles, Er sah alles, Er wußte alles. Wenn ich brav war, dann freute Er sich, wenn ich böse war, dann zürnte Er.

Am Abend beteten wir zu Ihm: „Bevor ich mich zur Ruhe leg, / Ich Händ' und Herz zu Gott erheb". Am Morgen lobten wir Ihn: „Ich danke Gott, der diese Nacht/ So väterlich für mich gewacht".

Über meinem Bett hing hinter gerahmtem Glas ein bunter Druck, auf dem gab es Gott dreimal: als Vater, als Sohn, als Heiligen Geist. Warum Gott auch ein Vogel war, das verstand ich nicht, und niemand wollte es mir erklären. Den gekreuzigten Gott, der Heiland hieß, gab es auch in geschnitztem Holz in unserer Stube. Dort stellten wir uns vor und nach dem Essen zum Tischgebet vor Ihm auf: „Segne, o Herr, diese Gaben, die wir durch deine große Güte empfangen werden, durch Christus unseren Herrn, Amen". Wenn wir in der Küche aßen, beteten wir vor zwei kleinen ovalen Bildern, einem dornengekrönten Heiland und einer schmerzhaften Muttergottes. Sie blickten in der Ecke so herzzerreißend nach oben, daß man fast nur das Weiße in ihren Augen sah. Der Heiland war zwar auch Gott, aber der richtige, der eigentlich kommandierte, war der mit dem strengen Gesicht und dem grauen Bart. Der hätte sich nicht kreuzigen lassen. Was der wollte, das mußten alle tun. Wer Ihm nicht gehorchte, der wurde bestraft mit Feuer oder Wasser, das vom Himmel fiel, so daß die Sünder verbrannten oder ertranken. Wenn man etwas von Gott brauchte, dann konnte man zu Ihm beten, aber vielleicht war es besser, wenn man Ihn in Ruhe ließ, denn für Kleinigkeiten waren die Heiligen da.

Jeder hatte einen Schutzengel, der Tag und Nacht aufpaßte, daß einem nichts passierte. Wenn man sündigte, dann war der Schutzengel traurig. Er schaute weg oder deckte mit den Händen die Augen zu. Jetzt konnte er einen nicht mehr schützen.

Jeden Abend, wenn ich schon im Bett lag, betete meine Mutter mit mir: „Lieber Jesus, mach mich fromm, / Daß ich in den Himmel komm", dann machte sie mir, nachdem sie ihre Finger in dem himmelblauen Schutzengelweihwasserkessel angefeuchtet hatte, ein Kreuzzeichen „auf Stirne, Mund und Herz", löschte das Licht und ging wieder zu den anderen nach unten. Jetzt quälte mich die Angst. Wenn ich im Dunkeln die Heiligste Dreifaltigkeit mit dem strengen Vater, dem leidenden Sohn und dem über ihnen schwebenden Heiligen Geist auch nicht mehr sah, wußte ich dennoch, daß sie da waren und mich auch jetzt jeden Augenblick beobachteten. Schöner wäre es gewesen, dem Rauschen oder Säuseln des nahen Tannenwalds hinter dem Haus und den dort singenden Vögeln zuzuhören, aber das konnte ich nur, wenn Gott nicht wie so oft durch die Stimme des Gewissens zu mir redete. Ganz gleichgültig, ob ich mich auf das rechte oder auf das linke Ohr gelegt hatte, sie pochte unüberhörbar und unaufhörlich. Sie wollte mir sagen, daß Gott nicht zufrieden mit mir war. Wenn ich mich auf den Rücken drehte, dann hörte ich die Stimme des Gewissens zwar fast nicht mehr, aber gerade deshalb mußte ich mich wieder auf eines der beiden Ohren legen. Sonst hätte mich Gott nicht mahnen können, und das ließ Er sich nicht gefallen. Ich wußte es. Denn einmal war mir die Dreifaltigkeit im Traum erschienen: der Heilige Geist hatte mit den Flügeln geschlagen und mit dem Schnabel nach mir gehackt, der Sohn hatte aus allen fünf Wunden geblutet, seine Hände und Füße hatten gezuckt, als wolle er vom Kreuz herabsteigen, und am Schluß hatte Gottvater seine Gesetzestafeln mit den Zehn Geboten auf mich geworfen und mich darunter begraben.

Daß Gott streng war, wußte ich auch, weil mein Onkel Josef aus Ulm Ihm sehr ähnlich war. Der hatte wie Gott einen Vollbart. Nur war der seine eher rötlich und nicht so grau. Weil der Ulmer Onkel Lehrer war, hatte er lange Ferien, die er fast immer in seiner Heimat verbrachte. Er wohnte bei der Großmutter im Stüble am Berg. Zum Essen kam er immer zu uns, weil seine Schwägerin besser kochte als seine alte Mutter, die keine Zähne mehr hatte und fast nur von Milchsuppe und Grießmus lebte. Während mein Vater in der Werkstatt Schuhe reparierte oder die seltenen Kunden im Laden bediente, machte sein Bruder lange Spaziergänge, von denen er manchmal Beeren und Pilze mitbrachte. Er wußte fast alle Namen von Blumen und Vögeln und kannte sie so gut, als ob er sie selber erschaffen hätte. Aber so sehr Gottvater und mein Onkel sich auch ähnlich waren, so konnte man sie doch nicht verwechseln. Der Onkel trug eine Brille und hatte auf seiner Glatze eine riesiges Balggeschwulst. Wenn man ihn fragte, warum er sie nicht wegoperieren lasse, antwortete er, Gott wisse wohl besser als er, warum Er sie habe wachsen lassen. Er ging jeden Tag zur Messe und zur Kommunion, um sich mit Gott über alles zu unterhalten, was ihn und unsere Familie betraf. Daß es Gott gut mit ihm meinte, merkte man daran, daß er spazierengehen konnte, wenn die Bauern bei großer Hitze ihr Heu und ihr Getreide ernteten. Pfarrer, Lehrer oder Doktor mußte ich werden, wenn ich im Sommer bei der Feldarbeit nicht helfen wollte. Meine Großmutter kam zwar jeden Tag auf ein paar Stunden zu uns, aber besonders stolz war sie doch auf ihren Sohn Josef, weil der ein Lehrer geworden war. Das hätte keiner gedacht, als man sie mit Schimpf und Schande in Kirchdorf vom Hof des reichen Bauern vertrieben hatte, von dessen ältestem Sohn ihr Josef stammte. Weil jedoch der Bauernsohn meine Großmutter, die bloß eine Magd war, nicht heiraten durfte, wollte er nicht mehr auf dem Hof seiner Eltern bleiben und war als Kellner in die Schweiz gegangen. Von dort hatte er Geld geschickt, damit der Josef studieren konnte. Der wäre am liebsten Pfarrer geworden, aber das ging nicht, weil er „von ledig" war.

Sicher wäre auch mein Vater gern Lehrer geworden. Dann hätte auch er im Sommer Ferien machen können, anstatt auf die von Mist und Jauche rissig gewordenen alten Rindslederschuhe Riester zu nähen. Aber wer sollte das bezahlen, wo doch seine Mutter nach der Kirchdorfer Geschichte bloß einen Taglöhner geheiratet hatte, der im Sommer bei den Bauern auf den Feldern und im Winter als Holzhacker im Wald arbeitete. Ein Taglöhner mußte schon froh sein, wenn er das Geld für die Lehre seines Buben bei einem Schuhmacher in Ochsenhausen zusammenbrachte. Mein Vater legte aber auch Wert darauf, daß man wußte, daß er nicht bloß irgendein Schuster war. Denn schließlich war er nach seiner Gesellenprüfung als Kolpingsbruder bis nach Hamburg gekommen. Dort hatte er jahrelang gelebt und die Meisterprüfung abgelegt. Das konnte jeder an dem eingerahmten Meisterbrief sehen, der in der Werkstatt hing. Auf dem ging die Sonne auf, und zwei alte Männer drückten einem jungen die Hand. Alle drei sahen sehr ernst aus.

Mein Vater wäre wohl auch in Hamburg geblieben, wenn dort nach fünf Jahren Krieg und Gefangenschaft für ihn nicht alles anders geworden wäre. So war er schließlich nach Erolzheim zurückgekommen und hatte dort die acht Jahre jüngere und ihm kaum erinnerliche Bäckerstochter Klara geheiratet. Mit Hilfe ihrer tausend Goldmark Aussteuer, die auch die Inflation überstanden hatten, hatte er sich, nachdem er einige Zeit in Memmingen in einem Schuhgeschäft gearbeitet hatte und schon zwei Töchter, Maria und Else, geboren waren, ein Haus gebaut und selbständig gemacht. Als sich meine Eltern Sorgen machten, wer denn später alles übernehmen solle, wenn auch das nächste Kind wieder ein Mädchen würde, legte meine

Mutter, nachdem sie mit dem Pfarrer gesprochen hatte, der Muttergottes ein Gelübde ab, sie werde zu ihr eine Wallfahrt nach Mariae Einsiedeln in die Schweiz machen, wenn sie ihr zu einem Buben verhelfen werde. Daß meine Mutter einen so weiten Weg machen wollte, zeigte der Muttergottes, wie wichtig das für alle war. Aber wenn das nächste Kind doch wieder ein Mädchen gewesen wäre, dann hätte die Schwarze Muttergottes in Mariae Einsiedeln schon gewußt, warum. Schon manche hatte unbedingt einen Buben haben wollen, hatte bei der Muttergottes so lange darum gebettelt, bis diese schließlich nachgegeben hatte, und dann war das Muttergotteskind im Krieg gefallen. Aber auch wenn ein Bub nach dem anderen kam, wie unten bei Mutters Bruder, dem Schreiner Onkel Josef und seiner Frau, Tante Fränze, hatte das vielleicht seine guten Gründe. Denn schon manches Mädchen, auf das man ungeduldig gewartet hatte, war später auf die schiefe Bahn geraten. Am besten war es schon, wenn man die Muttergottes zwar um einen Buben bat, ihr aber gleich auch sagte, daß man sich auch freuen würde, wenn sie es anders beschlossen hatte. Und es konnte ja auch sein, daß das Neugeborene schon nach wenigen Tagen starb. Auch dann mußte man Gott und Maria dafür danken. Für das Kind war es wahrscheinlich sowieso am besten. Es kam sofort als Engel in den Himmel, ohne sich ihn vorher durch ein langes christliches Leben verdienen zu müssen. „Der Herr hat's gegeben, der Herr hat's genommen, der Name des Herrn sei gepriesen", sagte der Pfarrer dann, um die Eltern zu trösten.

Die Muttergottes hatte wohl gesehen, daß bei uns nichts gegen einen Buben sprach. Als er zur Welt gekommen war, wurde er nach seinem Taufpaten, dem Ulmer Onkel, Josef genannt, und dann machte sich meine Mutter bald auf den Weg, um in Mariae Einsiedeln bei der Schwarzen Muttergottes den versprochenen Dank abzustatten. Und es war doch auch der Vorteil bei so einer mit einem Gelübde versprochenen Wallfahrt, daß man etwas von der Welt sah, nämlich den Bodensee und die Schweizer Schneeberge. Die waren so hoch und so schön, daß die Pilger in der Kirche in Mariae Einsiedeln alle miteinander „Großer Gott, wir loben Dich" sangen, wie uns meine Mutter oft erzählte.

Aber damit man sehen konnte, wie die Muttergottes einen Wunsch manchmal nicht bloß einfach, sondern auch doppelt erhört, kam dann, viereinhalb Jahre nach Josef, noch ich zur Welt, bei klirrender Kälte, am 25. Februar 1929, als Weiher, Bäche, Flüsse und sogar der Bodensee zugefroren waren und man gar nicht mehr wußte, wie man das Haus heizen sollte. Aber meine Schwester Maria freute sich so sehr über einen zweiten kleinen Bruder, daß sie trotz der frühen Morgenstunde, in der ich zur Welt kam, immer wieder Juchheh! schrie, um Else und Josef zu wecken. Vergeblich, wie sie sich später oft erinnerte. Ein paar Tage danach wurde ich von dem erst seit wenigen Monaten im Dorf feierlich investierten Pfarrer Angele nach meinem Vater und Großvater auf den Namen Johannes getauft. Der Pfarrer freute sich, weil auch er Johannes hieß, und hielt dann auch immer ein besonderes Auge auf mich.

Trotz ihrer Wallfahrt in die Schweiz war meine Mutter nicht so weit in der Welt herumgekommen wie mein Vater. Aber sie war als Mädchen von ihren Eltern für einige Zeit nach Bad Mergentheim geschickt worden, weil dort eine früh verwitwete Tante lebte, die gute Beziehungen zu einem Schwesterninstitut hatte. Dort lernte meine Mutter Nähen, Kochen, Anstand und Hochdeutsch. Ihr Hochdeutsch war zwar lange nicht so schön wie das meines Vaters, wenn er sich anstrengte, aber bei gewissen Anlässen benutzte sie es. Das war gar zu komisch, und sie mußte sich gefallen lassen, daß wir sie auslachten.

Schon bald verstand ich, daß nicht alle Wörter meiner Großmutter und der Buben und Mädchen aus der Nachbarschaft auch in Gegenwart meiner Mutter oder meiner großen Schwestern benutzt werden durften. Andere Kinder seichten und schissen, ich bieselte und bampte. Während meine schwerhörige Großmutter, die immer alles wissen wollte, „he?“ fragte, wenn sie wieder einmal etwas nicht verstanden hatte, sagten wir „was?“ und bei Leuten, die Hochdeutsch sprachen, sogar „bitte?“.

Es gab im Dorf einige Häuser, denen man schon von außen ansah, daß sie etwas Besonderes waren. Auf einem Hügel stand das Schloß. Da wohnten Leute, die sich von allen anderen unterschieden. Das merkte man schon daran, daß sie nicht im Friedhof begraben wurden, sondern in einer abgelegenen Gruft. Und am Sonntag waren sie auch nicht bei den anderen Leuten in der Kirche, sondern knieten, saßen oder standen mit dem Bürgermeister auf einer Empore gleich über dem Hochaltar und guckten von oben herab, ob der Pfarrer und die Ministranten auch alles richtig machten. Um das Schloß herum lag ein richtiger Park mit lauter Bäumen, die zwar schön, aber zu nichts nutz waren. Da durfte keiner hinein, der nichts darin zu suchen hatte. Ich hätte aber auch gar nicht gewollt, weil dort immer viele Hunde bellten.

Ich saß in der kalten Jahreszeit oft und gerne bei meinem Vater auf der Brücke, einem durch einen leichten Absatz vom Rest der Werkstatt getrennten und etwas höher liegenden Teil des Raumes. Dort stand sein dreibeiniger Schemel, den er Rappe hieß, und dort lag auch übersichtlich auf der Werkbank das Handwerkszeug. Manchmal durfte ich ihm dabei helfen, die Fäden aus Hanf mit Pech einzuschmieren, wenn er einen Draht für die Reparatur der Rindslederschuhe brauchte.

Besonders im Winter kamen in die gut geheizte Werkstatt viele Leute, die ihm nicht nur Schuhe zur Reparatur brachten, sondern sich mit ihm auch unterhalten wollten. Er ließ sich dadurch bei der Arbeit nicht stören, und wenn er einen die Treppe hochkommen sah, von dem er schon wußte, daß er mit „Heil Hitler“ grüßen würde, steckte er schnell ein paar Holznägel zwischen die Lippen. Dann brauchte er den Gruß nur mit einem Nicken zu erwidern, und kaum einer war so verbohrt, um nicht zu wissen, daß ein Handwerker seinen rechten Arm für seine Arbeit brauchte und daher auch nicht zum Hitlergruß ausstrecken konnte.

Sobald es Frühjahr wurde, spielten fast alle Kinder aus der Nachbarschaft mit uns auf dem sonnigen Hof vor unseres Vaters Fenster, und wenn wir dann ständig die endlich wieder grüne Böschung zwischen dem Hof und dem Wendelinusweg hinauf- und hinunterrannten, brauchte er nur ein wenig mit dem Hammer an die Fensterscheibe zu klopfen, damit der Unfug aufhörte.

Als mein Vater im Januar 1937 fünfzig Jahre alt wurde, hängte er einen Zettel an die Ladentür. Da sahen alle, daß er nicht nur ein Schuhmacher, sondern wie Hans Sachs aus Nürnberg auch ein Philosoph und Dichter war:

> Heut’ wird nicht geschustert,
> heut’ wird nicht genäht,
> heut’ ist der Geburtstag
> Seiner Majestät.

Wir waren alle gerne zu Hause. Bei uns gab es immer genug zu essen, und so brauchten wir, obwohl wir so nahe am Wald wohnten, keine Angst zu haben, daß Vater und Mutter, während wir nachts oben in unseren Kammern schliefen, vielleicht unten in ihrem Bett beschlossen, uns am nächsten Morgen wie die Eltern von Hänsel und Gretel in ein dichtes Gestrüpp hineinzuführen, von wo aus wir dann den Weg nach Hause nicht mehr finden würden. Wir und auch die anderen Kinder im Dorf wußten: das war einmal und ist nur ein Märchen. Heute, das wußten wir, würden Vater und Mutter, auch wenn die Mutter eine Stiefmutter wäre, so etwas nicht mehr tun.

Aber wir wußten genauso, daß in fast allen Häusern viel zu viele Kinder waren, die nicht ewig daheim bleiben konnten. Auch wir nicht. Josef, das war schon längst beschlossen, würde nach der Schülerentlassung bei meinem Vater in die Lehre gehen und eines schönen Tages die Werkstatt und das Geschäft übernehmen. Aber die Schwestern konnten beim besten Willen nicht beide daheim bleiben. Eine von ihnen mußte in Stellung in die Fremde. Maria war die älteste und somit zuerst an der Reihe. Sie war vierzehn, als sie von einem Vertreter einer Tuttlinger Schuhfabrik nach Blochingen, einem kleinen Dorf bei Mengen, mitgenommen wurde, wo sie als Hausgehilfin bei einer Lehrerfamilie arbeiten und sich vor allem um einen kleinen Sohn kümmern sollte. Als ich, nachdem wir alle Maria beim Wegfahren nachgewinkt hatten, fragte, warum sie denn geweint habe, obwohl sie doch in einem Auto fahren dürfe, sagte meine Mutter, die ihre Tränen hinunterschluckte, manchmal wundere sie sich schon, daß einer, der den ganzen Tag so gescheit daherrede, nicht begreifen wolle, daß es manchmal besser wäre, den Mund zu halten. Eineinhalb Jahre später kam Maria wieder nach Hause. Aber auch jetzt weinte sie, weil ihr Wernerle, über den sie uns in jedem Brief etwas geschrieben hatte, ganz plötzlich an einer Blinddarmentzündung gestorben war. Jetzt brauchte man sie in Blochingen nicht mehr. Das verstanden wir alle, und ich fragte auch nicht mehr, warum Maria jedes Mal weine, wenn sie uns etwas von ihrem Wernerle erzählte.

Else, die zweitälteste, war, als dann bald meine Schwester Klara zur Welt kam, von unseren Verwandten im Unterland nach Mergentheim eingeladen worden. Sie interessierte sich immer für alles und freute sich auf die weite Reise. Unsere Mutter war froh, als sie abgefahren war, weil die Neunjährige jeden Tag von ihr wissen wollte, warum sie denn in letzter Zeit immer dicker werde. Maria fragte nie danach. Else ging in Mergentheim mehrere Wochen zur Schule. Und weil sie, obwohl sie von einem Dorf im Oberland kam, immer alles verstand, wunderte sich der Lehrer, warum sie nicht nächstes Jahr auf die höhere Schule gehe. Er meinte es bestimmt gut mit ihr, hatte aber keine Ahnung, daß so etwas kaum menschenmöglich war, wenn man aus Erolzheim kam. Da Maria wieder zu Hause war, mußte Else, als sie fünfzehn war, nach Ulm in Stellung bei einem Architekten, der Rettich hieß und bei seiner Frau nicht viel zu sagen hatte. Else konnte sie nicht ausstehen, weil die hundsgemeine Person, wie sie erzählte, ausgerechnet immer an den kältesten Wintertagen von ihr verlangte, mit eisigem Wasser den Dachboden zu putzen. Aus purer Schikane, weil sie nicht immer zu allem Ja und Amen sage. Als die Rettichin Else aber nicht einmal frei geben wollte, um zur Beerdigung der Großmutter nach Erolzheim zu kommen, da reichte es unseren Eltern. Da schlug es dem Faß den Boden aus, und Else kam wieder nach Hause.

Ich wußte, daß es, wenn man in Erolzheim wohnte, auch für Buben fast unmöglich war, eine höhere Schule zu besuchen und später vielleicht auch noch auf der Universität zu studieren. Wenn es doch einmal einem gelang, weil es seine Eltern bezahlen konnten und der Lehrer sowie, falls er Geistlicher werden sollte, auch der Pfarrer dazu geraten hatten, mußte auch er in die Fremde und wurde mit zehn oder elf Jahren auf ein Internat geschickt. Er war nicht unbedingt darum zu beneiden, weil es dort fast immer mehr zu lernen als zu essen gab. Und wenn man ihn dann vielleicht nach einem oder zwei Jahren wieder heimschickte und er wieder in die alte Klasse zurückkam, wurde er gehänselt und gefragt, ob es bloß das Heimweh gewesen sei, das ihn zurückgeführt habe.

II. Advent und Weihnachten

Es war gut, um Schnee zu beten, denn dann kam Weihnachten bestimmt schneller. Am besten war eine neuntägige Andacht, dann schneite es am zehnten Tag fast todsicher. Aber solange mochte ich nicht warten. So saß ich an den Winterabenden oft stundenlang auf der Walzmaschine in der Werkstatt meines Vaters und schaute, ob vor dem Fenster noch immer keine Flocken fielen.

Mir gefiel es, wenn wir alle in der Werkstatt saßen und dort „Mensch ärgere dich nicht" oder „Schwarzer Peter" spielten. Die Werkstatt hatte einen Kachelofen, der besser wärmte als der schlecht ziehende Herd in der Küche, und die Stube im ersten Stock wurde nur am Samstag nachmittag und am Sonntag geheizt. Damit wir alle merkten, daß jetzt auch für unseren Vater Feierabend war, holte er seine Lampe, die tagsüber an einem langen Kabel über seinem Schusterrappen auf der Brücke eingehakt war, zum Tisch herüber und hängte sie dort auf. Manchmal seufzte meine Mutter: „Hoffentlich kommen die Heimgärten nicht, solange wir noch beim Essen sind". Das waren meistens Bauernknechte und -mägde, die jetzt am Feierabend noch einen alten Schuh zur Reparatur brachten, meistens nach Kuhstall stanken und dann oft stundenlang am Ofen hockten, nicht viel sagten oder über ihren Bauern schimpften und über das Wetter redeten. Aber wenn einer kam und erzählte, der Wind blase jetzt schon richtig aus dem Schnee heraus, freute ich mich, kletterte von der Walzmaschine herunter und sah vor der Tür nach, ob es auch stimmte.

Ich war noch sehr klein, als ich mit meinen Geschwistern einmal zum „Rorate" zur Kirche ging, obwohl es noch ganz früh am Morgen war. Es ärgerte mich, daß sie dort „Tauet, Himmel, den Gerechten, / Wolken, regnet ihn herab“ sangen. Da brauchte man sich freilich nicht zu wundern, daß es nicht schneite, wenn man in der Kirche um Tauwetter betete. Es durfte einem nichts ausmachen, daß in der Kirche Hände und Füße froren. Um so besser. Wenn man nicht über die Kälte schimpfte und alles geduldig ertrug und aufopferte, wurden die Gebete noch viel wertvoller.

Erolzheim war nicht nur ein Dorf wie Dettingen, Kirchdorf, Kirchberg und Gutenzell und schon gar nicht bloß ein Weiler wie Edelbeuren und Bechtenroth oder eine Einöde wie die Herrenmühle und Waltenhofen, die alle zu unserer Gemeinde gehörten. Und zu unserer Pfarrei gehörte sogar noch Edenbachen. Erolzheim war ein Marktflecken wie Ochsenhausen. Ein Marktflecken war fast so wichtig wie eine Stadt.

Zum Michaelismarkt kam immer ein Billiger Jakob. Und zum Nikolausmarkt stellte mein Vater unter der Linde auf dem Marktplatz einmal sogar einen Verkaufsstand mit Winterschuhen auf. Ich ging zu ihm hinunter, weil ich ihm etwas Warmes zum Trinken brachte. Ich freute mich, daß ich den anderen zeigen konnte, was für einen wichtigen Vater ich hatte. Der kam sich aber gar nicht wichtig vor, trat bei der feuchten Kälte von einem Fuß auf den anderen, schlug die Arme übereinander und rieb sich die Hände. Ganz gegen seine Art war er gar nicht gut aufgelegt. Hatte er vielleicht in Hamburg die Meisterprüfung gemacht, damit er wie ein Billiger Jakob in Nässe und Wind Schuhe feilbieten sollte, die sowieso keiner kaufen wollte? Und dazu mußte er auch noch mitansehen, wie die Leute bei einem hergelaufenen Schuhverkäufer von auswärts ihr Geld ausgaben. Besser wäre es gewesen, in der warmen Werkstatt und im Laden zu bleiben. Einmal und nicht wieder würde er Schuhe auf dem Marktplatz verkaufen, sagte er zu meiner Mutter am Abend. Er wollte auch nichts davon hören, als ich ihn fragte, ob es denn nicht gut sei, daß Erolzheim nicht bloß ein Dorf, ein Weiler oder eine Einöde war, sondern ein Marktflecken und deshalb genau so wichtig wie Ochsenhausen. Er wisse bloß, daß er den ganzen Tag nur ein Paar Hausschuhe für 4 Mark 20 verkauft habe.

Am Heiligen Abend wurde ich zu meiner Großmutter geschickt. Ich durfte erst kurz vor der Bescherung mit ihr zurückkommen, damit ich das Christkind, das bei seiner Arbeit nicht gestört sein wollte, nicht zufällig dabei erwischte, wenn es den Baum schmückte und die Geschenke herrichtete. Das wäre furchtbar gewesen, weil ich das Licht, das überall um das Christkind herum strahlte, nicht ertragen hätte. Aber warum machte das meiner Mutter nichts aus, die dem Christkind sogar helfen durfte? Ich hörte ihren schweren Schritt über der Decke, während wir, nachdem ich mit der Großmutter nach Hause gekommen war, in der Werkstatt alle darauf warteten, endlich gerufen zu werden. Maria ärgerte sich, wenn Else auf meine Frage, ob denn das Christkind solange bei uns bleiben könne, wo es doch noch in so viele andere Häuser müsse, zu kichern anfing. Der Ulmer Onkel guckte streng zu seiner Nichte hin und warf einen bedeutungsvollen Blick auf mich. Mein Vater hatte es schwer, meine Ungeduld zu bändigen, und Josef mußte sich vor Aufregung immer wieder die Nase putzen. Bevor das Christkind wegging, klingelte es mit einem der am Baum hängenden Weihnachtsglöckchen, und während wir die Treppe hinaufsprangen, flog es durch das Fenster davon. Aber wenn doch das Christkind die Geschenke brachte, warum mußten wir dann nach der Bescherung auch noch dem Ulmer Onkel „Vergelt's Gott" sagen?

Unsere Weihnachtsgeschenke waren immer auffällig nützlich: warme Pullover, warme Handschuhe, warme Unterhosen. Uns brachte das Christkind nie Geschenke, wie sie andere Kinder bekamen: Flugzeuge, Panzer und Lastwagen. Warum kriegten wir immer so langweilige

Dinge? Doch das waren Gedanken, die man unterm Christbaum nicht aufkommen lassen durfte. Besser war es, wenn ich zum Engel hinaufsang, der ganz oben an der Tanne hing und ein Band in den Händen hielt, auf dem „Ehre sei Gott in der Höhe“ stand. Ich wollte mit allem zufrieden sein. Und mit dem Aufschnitt, den es zum Essen gab, war ich es wirklich. Wir wußten, daß ihn der Ulmer Onkel bezahlt hatte. Man sah ihm an, daß der Aufschnitt eigentlich ihm gehörte. Er erklärte, der Schinken sei das Beste, und schob dabei die wenigen Scheiben zwischen seine bärtigen Lippen. Für uns blieb nur Gelb- und Schinkenwurst, Schwartenmagen und Leberkäse. Aber auch die waren gut, das mußte man zugeben.

Es war schon wichtig, daß man nach der Bescherung richtig gegessen hatte, denn am nächsten Tag kam man fast nicht mehr aus der Kirche heraus. Um fünf Uhr war Engelamt, um sieben Uhr Hirtenamt und um neun Uhr Hochamt. Und damit das Christkind auch ganz bestimmt sah, wie man sich über Weihnachten freute, ging man am besten in alle drei Messen und am Nachmittag noch zur Vesper.

Einmal besuchten wir in der Weihnachtszeit die Krippe in Gutenzell. Ich konnte mich an den schönen Figuren dort gar nicht richtig freuen, weil gleich daneben in den Glassärgen der Seitenaltäre die Skelette von verschiedenen Heiligen lagen. Die hatte man sogar auf die Seite gedreht, damit man besser sehen konnte, wie sie einen mit diamantenblitzenden Augenhöhlen anstarrten und mit ringgeschmückten Knochenfingern segneten. Mir gefiel es gar nicht, daß die Skelette lediglich in Glassärgen lagen, die sie an einem schönen Tag leicht aufbrechen konnten. Dann würden sie wild ihre Zähne blecken und heraussteigen, und die Leute würden erschreckt vor ihnen davonlaufen. Wie sollte man bei Heiligen beten können, vor denen es einem grauste? Wie konnte das Jesuskind ganz ruhig aus der Krippe herauslächeln? Wußte es nicht, daß gar nicht weit von ihm die edelsteingeschmückten Knochenskelette so scheußlich ihre Zähne zeigten?

Ein anderes Mal spazierten wir in der Weihnachtszeit auch bis zur Krippe im Kloster Bonlanden. Das war nicht so weit weg wie die Kirche in Gutenzell. Aber am Ende des Wegs mußte man eine vielstufige, überdachte Treppe hinaufsteigen und oben dann in der Nähe der Pforte an einem bellenden Bernhardiner vorbeigehen, der immer wieder wütend gegen die dicken Eisenstäbe sprang, hinter denen er eingesperrt war. Auch dort war er noch furchtbar genug. Und doch waren die Bernhardiner wichtig. Wenn man im Winter über die Alpen ging und sich im Schnee verirrt hatte, dann kam, Gott sei Dank, meistens ein Bernhardiner, der einen aufspürte, noch bevor man ganz erfroren war. Er brachte einem etwas zum Trinken, damit man nicht verdurstete, bevor die Patres vom Sankt Gotthard herunterkamen und einen mit dem Schlitten abholten und in ihr Hospiz brachten.

Die Krippe in Bonlanden war viel größer als die in der Kirche von Erolzheim. Sie war in einem warmen und geräumigen Saal aufgestellt, in dem die Zöglinge der Klosterschwestern manchmal auch Theater spielten. Einmal sah ich in Bonlanden mit meiner Mutter ein Theaterstück mit dem Titel „Die verlorene Tochter“. Es ging dabei um ein Mädchen, das in der Fremde in schlechte Gesellschaft geraten war. Zum Glück hatte seine fromme Mutter ihr Kind nicht vergessen und betete jeden Tag zu seinem Schutzengel, er solle doch jetzt, wo es ganz allein in der weiten Welt draußen sei, besonders auf es aufpassen, weil man dort nur allzu leicht vom rechten Weg abkomme, besonders wenn man so schön sei wie ihre Tochter. Da bekam der Schutzengel Mitleid mit der frommen Mutter, weil er nur zu gut wußte, was für ein schlimmes Leben das hoffärtige junge Ding in der großen Stadt führte, in der es jetzt lebte. Seiner Mutter zuliebe erschien er dem Mädchen nachts im Traum und hielt ihm seine vielen Sünden vor.

Zuerst tat es recht schnippisch und leugnete alles ab. Da verlor der Schutzengel, der am Anfang sehr freundlich gewesen war, allmählich die Geduld und schimpfte die verlorene Tochter so lange aus, bis sie schließlich ganz zerknirscht war und zu weinen anfing. Jetzt konnte ihr der Schutzengel alles verzeihen, und bevor die unruhig Schlafende aufwachte, gab er ihr sogar noch seinen Segen. Dann flog er schnell zu der Mutter, um auch ihr im Traum zu sagen, sie brauche sich jetzt keine Sorgen mehr um ihr Kind zu machen. Am Schluß sangen die Zöglinge, die Theater gespielt hatten, unter Harmoniumbegleitung „Oh, mein Christ, laß Gott nur walten, " und auch wir Zuschauer im Saal stimmten alle in das Lied ein.

Als ich noch ziemlich klein war, wurde ich sogar der Schwester Oberin in Bonlanden vorgestellt. Damals besuchte Else dort die Haushaltsschule. Als die Oberin, die in ihrem Ordensgewand sehr feierlich aussah, mir milde zulächelte und sich interessiert danach erkundigte, ob es mir denn in der Schule gefalle und was ich einmal werden wolle, da schämte ich mich. Mir fiel ein, wie ich gelacht hatte, als ich mit den Buben aus der Nachbarschaft durch den Wald gerannt war, und wie jeder von uns mit Stecken auf rostige, im Wald gefundene Nachttöpfe schlagend einen ganzen Nachmittag lang immer wieder herumgeschrien hatte: „Klosterfrau ein Küchlein bacht, / Obendrauf ein Fürzchen macht, / Das ist der süße Tee / Das ist der süße Tee". Ich kam mir recht erbärmlich vor, auch weil ich mir nicht sicher war, ob Klosterfrauen, besonders wenn sie sogar Oberinnen waren, nicht wie Gott, die Heiligen und der Schutzengel die ganze Seele sahen. Sie aber lächelte, als ob sie nichts von allem wüßte. Aber vielleicht hatte sie mir verziehen, weil sie sowieso eine Heilige war. Doch als ich daran dachte, wußte ich gar nicht mehr, wo ich hinschauen sollte.

Auch bei uns in Erolzheim wurde an Weihnachten Theater gespielt. Ich war sechs oder sieben Jahre alt, als ich im Ochsensaal zum ersten Mal eine Aufführung sah. Es gab zuerst ein Trauerspiel und dann noch ein lustiges Stück, damit man die Aufregung wegen des Trauerspiels wieder vergessen konnte. Bevor das richtige Theater anfing, sang der Liederkranz „Stille Nacht, Heilige Nacht" und „Oh, du fröhliche, / Oh du selige". Auch mein Vater war unter den Sängern. Mir kam es komisch vor, als ich ihn singend zwischen den mit Lametta, Engelhaar, Weihnachtskugeln und Kerzen geschmückten Bäumen stehen sah. Er sah auf einmal wie ein Fremder aus. Warum lächelte oder winkte er mir nicht zu? Aber vielleicht war der Lehrer, der den Liederkranz dirigierte, mit den Großen genauso streng wie mit den Schülern.

Das richtige Theaterstück fing erst an, als nach einer Pause das Licht im Saal aus- und der Vorhang aufging. Das Trauerspiel hieß „Der Glockenguß von Breslau". Es tat mir leid, daß es nicht von Schiller war, dessen „Werke" in einem Band mein Vater 1905 nach seiner Gesellenprüfung an der Berufsschule in Ochsenhausen „für Fleiß und Wohlverhalten" erhalten hatte. Aber wenn Schillers „Glocke" Kunst war, wie mir mein Vater sagte, dann war es wohl auch der „Glockenguß von Breslau". Und das sah und hörte ich bald. Die Bühne wurde auf einmal ganz rot. Es war der Widerschein der Glut beim Glockenguß. Dann kam plötzlich ein junger Mann hereingerannt. Der warf sich vor einem älteren, der schon auf der Bühne stand, auf die Knie und schrie händeringend: „Mein Vater, verzeih mir". Der – jetzt sah ich, daß es der Sattlermeister Schuler war – wollte aber nicht und wurde immer böser. Und auf einmal wurde der junge Mann von dem, den er Vater geheißen hatte, erstochen. Da mußte der ins Gefängnis. Dort besuchte ihn ein Freund, der ihn schimpfte und dann noch zu ihm sagte: „Aber an deine Tochter hättest du schon denken sollen". Und als ich beim Abendessen fragte, warum der Vater an die Tochter denken sollte, meinte meine Mutter, ich sei eben doch noch zu jung für

Trauerspiele und könne noch nicht alles verstehen. Aber wenn ich auch nicht alles begriffen hatte, so war doch alles sehr spannend gewesen. Am interessantesten war freilich, daß der Degen ganz echt aufgeblitzt und den jungen Mann durchbohrt hatte, obwohl der dann in Wirklichkeit gar nicht tot war. Aber in den großen Theatern kam es auch immer wieder einmal vor, daß der Trick mit dem Säbel nicht funktionierte, und dann wurde der Schauspieler versehentlich totgestochen. Die echten Schauspieler wissen, daß sie auch dann keinen Muckser machen dürfen, weil sonst die Stimmung bei den Zuschauern im Saal gestört würde. Und da die Helden auf der Bühne meistens erst am Ende des Trauerspiels umgebracht werden, und dann gleich danach der Beifall kommt, bei dem alle Schauspieler, auch die Totgestochenen, sich verneigen müssen, merken dann alle, daß einer von ihnen in einer großen Lache Blut liegt. Daran können dann die Zuschauer am besten sehen, daß der Totgestochene wirklich ein großer Schauspieler war.

Das Lustspiel war eigentlich nicht für Kinder und paßte auch nicht zur Weihnachtszeit. Der dürre Schneider Rieber, den ich im Sommer gegenüber von Kindergarten und Schule oft am offenen Fenster auf seinem Tisch hocken sah, damit er genug Licht zum Einfädeln hatte und auch alle Vorbeigehenden beobachten konnte, kroch unter einen Tisch und suchte von da aus einem Mädchen Eindruck zu machen, das aber gar nichts von ihm wissen wollte. Er kitzelte es so lange an den Waden, bis es ihn auf die Finger schlug. Da rutschte er auf der Bühne herum, winselte und jaulte. Aber auch das half nichts bei ihm. Jetzt wußte ich, daß Trauerspiele ernst und deshalb Kunst waren, aber die Lustspiele bloß zum Lachen geschrieben wurden, damit die Leute die Aufregungen des Trauerspiels wieder vergessen konnten.

Wie schwer es die Schauspieler hatten, das mußte ich selbst erfahren, als ich im Kindergarten unter Schwester

Violas Anleitung den Doktor Eisenbart spielte und wegen meines Ungeschicks das Programm der Weihnachtsfeier durcheinanderbrachte. Meine Mutter saß nicht weit vom Pfarrer und der Schwester Oberin in der ersten Reihe. Man hatte ihr meinetwegen einen Ehrenplatz angewiesen.

Ein von Christbäumen eingerahmter Raum war der Schauplatz der Handlung. Die gleichaltrige Lotte, die mir wegen ihrer schwarzen Haare besonders gefiel, war die Hauptdarstellerin. Sie wiegte eine Puppe im Arm und sang „Schlaf, Kindlein, schlaf". Es half aber alles nichts. Das Kind war krank. Daher betete Lotte zunächst einmal für seine Genesung. Dann fiel ihr Blick auf die Kaffeemühle an der Wand. Die Kaffeemühle war das Telephon. Man brauchte nur die Kurbel zu drehen, um Doktor Eisenbart anzurufen. Anzurufen als Retter in großer Not. Der Retter war ich. Was ich zu sagen hatte, das wußte ich auswendig. Sorge machte mir nur das Stottern. Manchmal ging alles gut, besonders wenn nicht alle auf mich guckten. Aber im voraus wußte ich das nie. Und schlimm genug war es, daß ich „Grüß Gott, Gnädige Frau" sagen mußte, denn das Gr machte mir immer Angst, und wenn ich darüber nicht wegkam, dann konnte ich kaum noch hoffen, das G, das Gn und Fr richtig auszusprechen. Wenn ich plötzlich mit halb offenem Mund dastand und nicht mehr weiterreden konnte, dann war ich furchtbar blamiert. Aber mein „Grüß Gott, Gnädige Frau" kam wie geölt. Unter schwesterlicher Anweisung hatte ich mir auch den Zylinder unserer Theatergarderobe aufgesetzt. Wahrscheinlich trug ich auch einen Stock. „Stock und Hut / Stehn ihm gut, / Ist gar wohlgemut". Das Lied von „Hänschen klein" machte mich immer etwas verlegen, weil es so aussah, als sei es meinetwegen gedichtet worden. Von „wohlgemut" konnte freilich nicht lange die Rede sein, nachdem ich mit steifem Zylinder und steilem Stock aus den Weihnachtskulissen herausgetreten war. Ich wußte nicht mehr aus und ein, als die hinter Tannenzweigen soufflierende Schwester Viola nach meinem Gruß, der Zuversicht und Hoffnung zu verbreiten hatte, mit einem energischen „Hansel, Hut ab, Hansel, Hut ab“ mich auf ein grobes Versäumnis hinwies. Es half nichts mehr, daß ich mir hastig den Zylinder vom Kopf riß. Er glitt mir aus der Hand und rollte über die Rampe. Ich stand als verlegener Tolpatsch auf den Brettern, sprang so schnell wie möglich von der Bühne hinunter und suchte in den nahen Armen der Mutter Zuflucht.

Vorerst war mir die Lust zum Theaterspielen vergangen. Es bedurfte der unnachgiebigen Sanftmut Schwester Violas, mich Monate später so weit zu bringen, daß ich bei einer neuen Aufführung wenigstens als stummer Waschpfahl, der mit anderen Kindern eine Leine zu halten hatte, eine schlichte Statistenrolle übernahm.

An Mariae Lichtmeß wurde die Krippe in der Kirche weggeräumt. Auch wenn gerade jetzt die Kälte oft am grimmigsten war, so freute man sich doch über die nun schon wieder längeren Tage, und bei der Lichterprozession zu Mariae Ehren konnte man wenigstens die Hände an der brennenden Kerze etwas wärmen. Wie gut es war, in der kalten Kirche ein flackerndes Licht zu haben, das merkte man dann am darauffolgenden Sonntag, wenn der Pfarrer mit zwei geweihten Kerzen den Blasiussegen erteilte und es vor lauter Frost und juckenden Winterbeulen in den Schuhen kaum noch auszuhalten war. Doch den Blasiussegen durften gerade wir nicht versäumen, weil wir alle Kröpfe hatten oder auf dem besten Weg waren, welche zu kriegen. Ob sie denn nicht zum Blasiussegen gegangen sei, als sie noch ein kleines Mädchen gewesen sei, fragte ich meine Mutter auf dem Weg zur Kirche, und warum sie dann trotzdem einen Kropf bekommen habe? Bei einem Mädchen habe ein Kropf auch sein Gutes, dann werde es nicht zu hoffärtig. Ob ich denn nicht verstehen könne, daß es schon wunderbar genug sei, wenn jemand dreimal lebend eine Kropfoperation überstanden habe, obwohl dem Doktor Krämer in Memmingen beim letzten Mal das Blut so ins Gesicht gespritzt sei, daß er fast nichts mehr gesehen habe. Bei den Heiligen dürfe man nie anfangen, ihnen vor- und nachzurechnen, was sie zu tun und zu lassen hätten: Vertrauen müsse man in sie haben, dann werde schon alles recht werden. Es sei ja auch nicht so, daß man nun mit dem Blasiussegen kein Halsweh mehr bekommen könne und nicht mehr aufzupassen brauche, keine nassen Füsse zu kriegen. Aber vor dem Schlimmsten sei man wohl geschützt.

Der Blasiussegen zeigte, daß jeder Heilige für irgend etwas zuständig war. Man ging ja auch nicht zum Metzger, um Zucker zu kaufen. Wie die Handwerker und Geschäftsleute hatten die Heiligen die Arbeit untereinander aufgeteilt. Es gab einige, die einmal im Jahr eine besonders strenge Zeit hatten, wie zum Beispiel der Heilige Nikolaus. Dann vergaß man sie wieder. Natürlich konnte man zu jeder Zeit zu jedem Heiligen mit einem bestimmten Anliegen kommen, und sicher würde er auch alles versuchen, um einem zu helfen, wenn man ihn um etwas bat, aber besser war es doch, man ging gleich zum richtigen.

Wenn man etwas verloren hatte, betete man am besten gleich zum Heiligen Antonius von Padua und nicht zu irgendeinem anderen, der es diesem dann sowieso gesagt hätte, denn das wußten alle Heiligen, daß keiner geschickter als Antonius war, etwas Vermißtes wieder zu finden. So war einmal unser Schlitten verschwunden, und meine Schwester Maria war zu Antonius in die Kirche gegangen, hatte ihm für seine Armen etwas geopfert, und als sie nach Hause kam, war der Schlitten schon wieder da. Ein Bettler hatte ihn bei uns ungefragt mitgenommen, dann aber in der Mühle in Bechtenrot abgegeben und dort darum gebeten, man solle ihn uns wiederbringen. Aber der Schlitten sei doch wohl schon auf dem Weg zu uns gewesen, bevor unsere Maria in die Kirche gegangen sei, sagte ich zu meiner Mutter. Ja, daran sehe man eben, wie die Heiligen alles schon im voraus wüßten und sich entsprechend verhielten. Das gelte besonders für Antonius, der nicht nur ein großer Heiliger, sondern auch ein guter Geschäftsmann sei. Das merke man, wenn man glaube, er gebe sich mit ein paar Stoßgebeten und frommen Sprüchen zufrieden. Sollte man's nur versuchen! Besonders freute sich der Heilige, wenn ein Geizhals etwas verloren hatte. Den ließ er schön zappeln. Natürlich wollte gerade der Knauser das Seine wieder haben, hergeben wollte er aber nichts, oder er bildete sich ein, mit ein paar lumpigen Pfennigen lasse Antonius sich herumkriegen. Da kannte er ihn schlecht. Antonius hatte einen Heidenspaß, wenn der Knicker allmählich etwas mehr versprach, schließlich, bloß um es einmal auszuprobieren, sogar ein hohes Almosen zusicherte. Genau in diesem Augenblick zeigte ihm dann der Heilige das Verlorene. Wie sich der Geizkragen dann ärgerte, wenn er daran dachte, er hätte ja nur die Augen besser aufzumachen brauchen, um ohne Geld wieder zu dem Verlorenen zu kommen. Ja, der merkte in seiner Dummheit gar nicht, daß ihn der Heilige bloß zum Narren gehalten hatte. Aber wenn der Geizkragen nicht von allen guten Geistern verlassen war, wußte er wenigstens, daß der Heilige keinen Spaß verstand, falls er das Gelöbnis nun nicht auf dem schnellsten Weg einlöste, indem er in den Antonius-Brot-Opferstock den versprochenen Betrag einwarf. Mancher hatte sich schon einen Arm, einen Fuß oder auch den Hals gebrochen, weil er sich eingebildet hatte, er könne den Heiligen hintergehen. Es konnte freilich auch vorkommen, daß man das Verlorene nicht mehr fand. Dann hatte Antonius seine guten Gründe. Vielleicht brauchte derjenige, der das Verlorene jetzt hatte, dieses viel dringender, als man es selber benötigte.

Wenig Interesse hatte ich am Heiligen Wendelin, obwohl der Weg, an dem wir wohnten, nach ihm benannt und eine Kapelle ganz in der Nähe ihm geweiht war. Den Heiligen Wendelin brauchte man, wenn eine Kuh oder ein Pferd erkrankte. Wenn der Tierarzt etwas nicht heilen konnte oder verpfuschte, dann brachte der Heilige Wendelin den Schaden vielleicht in Ordnung. Da wir aber nicht einmal Hühner und auch keine Hunde oder Katzen hatten, ging uns der Heilige Wendelin nur wenig an. Ganz im Gegenteil: von mir aus hätten die Hennen der Nachbarn, die unsern Salat fraßen, und die Bienen des Polizeigendarms Österle unter unserem Haus, die mich immer wieder einmal stachen, auch verrecken können. Auch über die Kühe der Nachbarn ärgerte ich mich mehr als einmal. Mußten sie jedes Mal, wenn man am Samstag den Wendelinusweg sauber gekehrt hatte, alles wieder vollscheißen, so daß man wieder von vorne anfangen konnte? Aber das durfte ich eigentlich nicht denken und noch viel weniger sagen, besonders wenn ich schon gebeichtet hatte, wie so oft am ersten Samstag im Monat. Auf jeden Fall war es gut, daß es so viele Heilige gab. Man konnte ja wegen einem geschwollenen Hals, einem verlorenen Geldbeutel oder einer kranken Kuh nicht gleich Gott oder Maria belästigen. Sie hätten es einem zwar nicht übel genommen, aber auch der Dümmste mußte verstehen, daß sie einfach Wichtigeres zu tun hatten, als sich um solche Kleinigkeiten zu kümmern.

Wer katholisch war, der kannte sich überall aus in der Welt. Die Missionare waren jetzt schon in allen Ländern herumgekommen. Mir wäre es lieber gewesen, wenn sie sich etwas mehr Zeit gelassen hätten. Denn jetzt konnte die Welt jeden Augenblick untergehen. Untergehen konnte sie nämlich, sobald das Evangelium überall verkündet worden war. Das stand in der Bibel. Bekehrt mußten nicht alle Heiden sein, aber sie mußten wenigstens einmal Gelegenheit gehabt haben, das Wort Gottes zu hören. Sonst hätten sie ja nicht gewußt, warum sich beim Weltuntergang auf einmal die Sonne verfinsterte und die

Sterne haufenweise vom Himmel fielen. Zu lange durften es sich die Heiden freilich nicht überlegen, ob sie sich lieber taufen lassen wollten, anstatt im Urwald Bäume und Götzenbilder anzubeten. Aber jetzt, wo das Radio erfunden worden war, brauchte man vielleicht gar nicht mehr unbedingt zu den Heiden in den Urwald zu gehen, um sie zu bekehren. Besser freilich war es schon, denn wer konnte wissen, ob sie schon ein Radio besaßen und es gerade eingeschaltet hatten, wenn das Evangelium verkündet wurde. Aber soviel war sicher: ewig wollte Gott im Himmel auf den Weltuntergang nicht warten. Sonst hätte es ja ausgesehen, als ob das Evangelium gar nicht stimme.

Ich freute mich mit meinem Bruder, daß es immer noch Heiden gab, damit man auch jetzt noch Märtyrer werden konnte. Nichts gegen die Heiligen, die man Bekenner hieß. Aber ein bißchen langweilig waren sie schon, mit ihrem Buch in der Hand, in ihrem weißen Chorhemd und mit ihrer Stola. In unserer Kirche stand auf dem rechten Seitenaltar der Heilige Franz Xaver. Der war von Spanien bis nach Japan, Indien und China gesegelt, um die Chinesen zu bekehren, und da ist er gestorben.

Wie gefährlich es in China zuging, das hatte ich schon bei meiner Großmutter gesehen, die einen dicken Band mit gebundenen Zeitschriftenheften hatte. Da gab es ein Bild, auf dem eine lange Reihe von Chinesen auf dem Boden kniete. Daß es Chinesen waren, das sah man daran, daß auch die Männer Zöpfe hatten. Einige von ihnen waren schon umgekippt und lagen auf dem Boden, weil sie vom Henker bereits geköpft worden waren. Die anderen guckten noch ganz ruhig, als ob sie daran gewöhnt wären, geköpft zu werden. Das war also China, wo der Heilige Franz Xaver gestorben war.

Noch besser als in China kannte ich mich in Afrika aus. Wenn einer Chinese war, dann sah man es am Zopf. Das wußte ich. Aber noch leichter war jemand zu erkennen, der vom Kopf bis zum Fuß kohlrabenschwarz war. Wenn wir in den Weihnachtsandachten das Lied „Oh, du liebes Jesuskind, / Laß dich vielmals grüßen. / Alle Kinder, die hier sind, / Fallen dir zu Füßen“ sangen, gingen wir alle zum Opferteller vor der Kommunionbank und warfen eine mitgebrachte Münze hinein. Das war lauter Geld für die Missionen. Es wurde besonders nach Afrika geschickt, damit die schwarzen Heidenkinder bekehrt werden konnten. Am Tag ihrer Taufe bekamen sie dann ein weißes Hemd und am Tag ihrer Ersten Heiligen Kommunion eine weiße Kerze und eine weiße Hostie. Da staunten die Negerkinder in Afrika, daß bei uns Christen alles so weiß war. Doch die Missionsprediger vergaßen nicht, uns daran zu erinnern, daß wir uns auf unsere weiße Haut nichts einzubilden brauchten, denn wenn dann so ein schwarzes Heidenkind getauft war und kommuniziert hatte, war es so rein, daß wir uns alle daran ein Beispiel nehmen konnten.

Für die Missionen gab es ganz besonders interessante Sparkassen. Hinter dem Schlitz, in den man das Geld steckte, kniete ein Negerkind mit roten, wulstigen Lippen, schwarzen Locken und viel Weiß in den frommen Augen. Warf man einen Pfennig hinein, dann dankte es nickend. Bei zwei Pfennigen nickte es schon etwas schneller, und bei fünf oder zehn Pfennigen wurde es ganz aufgeregt. Wenn man eine Mark hineingeworfen hätte, dann wäre dem Vergeltsgottnicker vor Schrecken vielleicht der Kopf von der Sparkasse gefallen. Aber da brauchte man keine Angst zu haben. Eine Mark kriegte er sowieso nie.

In Afrika wurde man nicht so leicht geköpft wie in China. Dafür gab es dort Menschenfresser. Schlimm war dies vor allem deshalb, weil bei der Auferstehung das Fleisch der aufgefressenen Missionare dann nicht recht wußte, wo es eigentlich hin sollte und zu wem es eigentlich gehörte, obwohl es natürlich viel lieber mit der Seele des Missionars in den Himmel ging als mit der des Menschenfressers in die Hölle.

Einfacher war es, wenn ein Missionar von einem Löwen aufgefressen worden war. Der hatte keine unsterbliche Seele und brauchte am Jüngsten Tag sein Fleisch sowieso nicht mehr. Aber war ein Missionar, der im Urwald von einem wilden Tier aufgefressen worden war, auch ein echter Märtyrer? Ich war mir ziemlich sicher. Denn der Missionar war ja nicht zum Spazierengehen nach Afrika gekommen, sondern um die Heiden zu bekehren, und wenn er nicht einem Menschenfresser, sondern einem Löwen begegnet war, dann zählte die Absicht und nicht das, was in Wirklichkeit passiert war.

Am schlimmsten war es für die katholischen Missionare, wenn sie in Afrika irgendwo hinkamen, wo schon evangelische dagewesen waren. Die erzählten zwar auch ab und zu etwas von Jesus, aber ganz bestimmt nichts von der Heiligen Maria. Und das Ärgste war, daß die Heidenkinder gar nicht wissen konnten, daß von dem, was ihnen von den evangelischen Missionaren erzählt worden war, nichts richtig stimmte. Und dann kam vielleicht noch einer, und der erzählte alles wieder anders, weil er von einer anderen Sekte war. Da war es höchste Zeit, daß ein katholischer Pater kam und erklärte, wie es wirklich gewesen war. Das Negerbüblein auf dem Opferstock nickte, und das Jesuskind in der Krippe lächelte dazu, und wir sangen: „Öffne auch die Segenshand / Über jene Kleinen, / Die im fernen Heidenland / So verlassen weinen".

Einmal kam sogar ein Pater mit einem Film. Er zeigte ihn im Schwesternhaus. Den durfte ich nicht sehen, weil ich noch zu klein war. Aber mein Bruder Josef kam ganz aufgeregt nach Hause und wollte auch Pater werden. Das wäre ihm lieber gewesen, als im Sommer den Bauern bei der Ernte zu helfen und im Herbst ihre Kühe zu hüten. Da war Afrika schon etwas anderes. Bloß mußte er dann vorher noch viel studieren, hatte ihm der Pater erklärt, der den Film gezeigt hatte. Aber das machte nichts. Manchmal würde Josef dann aus Afrika herkommen und den

Erolzheimern erzählen, wie es im Urwald ist. Dann würden alle staunen, wenn auch er ihnen in einem Film zeigte, wie man die Heiden bekehrt. Aber wie sollte er nach Afrika, wo er doch das Geschäft übernehmen mußte? Mein Vater hingegen, der vor dem Krieg doch so lange in Hamburg und einmal sogar in Holland und ein anderes Mal auf der Insel Helgoland gewesen war (er hatte ein schönes Album mit eingesteckten Postkarten und Photographien, in dem ich oft herumblätterte), war gottfroh, daß er nach den Jahren an der Front und als Gefangener der Engländer in Calais wieder daheim war und den ganzen Krieg mit gesunden Gliedern überstanden hatte. Ich glaubte es ihm gerne. Aber Josef wollte immer wieder in die Fremde. Wenn an Föhntagen die Schneeberge im Süden ganz nah schienen, dann wollte er auf die höchsten Gipfel steigen. Am liebsten wäre er gleich bis nach Italien gewandert, das dahinter lag. Dort gab es Orangenbäume und Palmen, die er unbedingt sehen wollte.

Da ich der Jüngste war und sich meine Geschwister um mich kümmerten, brauchte ich nicht so mutig zu sein wie Josef. Wenn andere von hohen Mauern herab auf den weit darunter liegenden Boden sprangen oder über Zäune aus Stacheldrähten kletterten, schaute ich lieber zu, anstatt auch dabei mitzumachen. Und wenn andere im Winter nach einem Anlauf mit genagelten Schuhen über gefrorene und eisige Stellen rutschten, ging ich lieber in die Hocke, als setzte ich mich auf den Nachttopf, und ließ mich von Maria und einer ihrer Freundinnen über die glatte und gefährliche Strecke ziehen. Da konnte mir nicht viel passieren.

Nur einmal ließ ich mich dazu überreden, durch ein mehrere Meter langes Zementrohr zu kriechen, das an der Stelle, wo der Weg zum Steinhauer Weckemann hinaufführte, in den Wassergraben an der Biberacherstraße verlegt worden war. Es war voll mit Schlamm und Kieselsteinen. Diejenigen, die mich so weit gebracht hatten, es doch auch einmal zu versuchen, schoben, sobald ich im Rohr war, ein Brett vor die Öffnung, der ich keuchend entgegenrutschte. Ich versuchte mich aufzubäumen, mit den Armen um mich zu schlagen, als der Ausgang versperrt schien, konnte mich aber vor ängstlicher Beklemmung kaum noch rühren. Endlich wurde das Brett weggenommen, und es streckte mir einer eine Hand entgegen, an der er mich, halb ohnmächtig, ins Freie zog.

Schön war es hingegen immer, ganz allein wie die Eichhörnchen auf die hohe, in unserem Garten am Waldrand stehende Tanne zu steigen, die harzige Luft einzuatmen und mich an den kräftigen Zweigen festhaltend, von niemandem beobachtet, vom Wind hin- und herwiegen zu lassen. Oder auf dem zementierten Treppenabsatz vor dem Hauseingang im ersten Stock zu sitzen und den harmlosen schwarzen Ameisen zuzuschauen, die ihre Größe um ein Mehrfaches übertreffende Tannennadeln vor sich herschoben oder hinter sich herzogen und, in Gesellschaft anderer, ganze Tannenzweige zu einem nur ihnen bekannten Ziel hinschleppten. Ich wunderte mich freilich, warum sie es immer so eilig hatten und dabei auch noch genau zu wissen schienen, wohin sie ihre Nadeln und Zweiglein bringen sollten. Die Schnecken kamen mir mit ihrer silbrigen Schleimspur zwar etwas unappetitlich vor, gefielen mir aber trotzdem, weil sie sich immer Zeit ließen und ihre Hörner nicht dazu benutzten, um wie große Tiere damit auf alles loszugehen, was sich ihnen in den Weg stellte, sondern bloß, um herauszubekommen, ob es nicht am klügsten sei, stehenzubleiben und abzuwarten oder sich vielleicht sogar auch noch sicherheitshalber in ihr Haus zurückzuziehen, das sie ja stets mit sich herumtrugen.

Am liebsten jedoch war ich immer daheim und im Haus, in der Werkstatt beim Vater, in der Küche bei der Mutter. Besonders schön war es am Sonntag in der Stube, wenn wir zusammen die Grießknödel- oder Spätzlesuppe und den Schweinebraten mit Kartoffelsalat aßen. Und weil ich der Kleinste war, durfte ich als erster mit einem Stück Brot in der Kasserolle, wenn der Braten aufgegessen war, die übriggebliebene Sauce auftunken. Wenn dann die Mutter noch von früher und der Vater von Hamburg erzählte, dann wußte ich, daß das Interessanteste an der weiten Welt die Geschichten über sie waren. Ich glaubte gerne, was ich davon hörte, und verspürte kaum den Wunsch, selber nachzusehen, ob es auch stimmte. Und ich wußte schon soviel über fremde Länder, daß ich mich gewundert hätte, wenn mir jemand gesagt hätte, es sei immer noch nicht genug.

Am besten kannten wir uns alle in Italien aus. Meine Mutter konnte sogar auf italienisch bis auf zehn zählen, weil um 1900 italienische Arbeiter nach Erolzheim gekommen waren, um beim Bau der Kanalisation zu helfen, und einer hatte bei ihnen zu Hause gewohnt. Damals hatte sie diese italienischen Wörter gelernt und dann nie mehr vergessen. Der Ulmer Onkel war einmal in den Dolomiten gewesen und hatte eine Karte mit einer italienischen Briefmarke geschickt. Als ich jedoch von meinem Vater hörte, dort rede man noch Deutsch, ließ ich seine Italienreise nicht mehr gelten, denn das war noch keine richtige Fremde. Aber unsere Tante Frida, die war bis nach Neapel und nach Rom gereist. Das sah man schon an ihrem Koffer, mit dem sie einmal zu uns auf Besuch kam. Auf dem waren viele Aufkleber. Auf einem stand „Hotel Terminus Napoli“, und auch die Sonne war auf den Aufkleber gemalt. Schade, fand ich, daß es nicht der Vesuv war. Denn das war ein feuerspeiender Berg. Da hätten die Erolzheimer noch mehr über den Koffer gestaunt. Aber so konnten die Buben aus der Nachbarschaft, die neidisch auf meine Tante waren, sagen, die Sonne gebe es ja auch bei uns, da brauche man nicht bis nach Italien zu fahren.

Noch wichtiger als der Vesuv war in Italien der Papst. Der hieß Pius XI. und war ein Italiener. Es hatte auch schon Päpste gegeben, die keine Italiener waren, und man wußte deshalb nie, ob man nicht vielleicht im Himmel schon dazu bestimmt war, Papst zu werden. Und als dann Pius XI. starb und Pius XII. Papst wurde, da konnte der so gut Deutsch, daß man merkte, der Heilige Geist, der bei der Papstwahl den Kardinälen eingab, wen sie wählen sollten, wolle vielleicht bald einen deutschen Heiligen Vater und warum nicht sogar einen Heiligen Vater aus Erolzheim?

Tante Frida hatte den Papst zwar gesehen, aber nicht richtig mit ihm gesprochen, auch weil sie kein Italienisch konnte und Latein nur von der Kirche her ein bißchen kannte. Bei der Audienz gab es eigentlich nur viele Leute, die herumknieten, weil sie von Pius XI. gesegnet werden wollten. Aber wenn ein Heiliger Vater segnet, dann kommt auf den einzelnen immer noch viel, auch wenn ein ganzer Haufen den Segen untereinander aufteilen muß.

Bei den Franzosen kannten wir uns nicht ganz so gut aus wie bei den Italienern. Aber im Himmel mußte Frankreich wichtig sein. Das sah man daran, daß die Muttergottes in Lourdes erschienen war. Dort hatte sie mit dem Mädchen Bernardette auf französisch gesprochen und ihr viele Dinge prophezeit. Das war noch gar nicht so lange her. Und lang war es auch noch nicht her, daß die Muttergottes nach Lisieux gekommen war, wo sie für die Kleine Heilige Theresia Rosen hatte regnen lassen.

Rußland war zwar kommunistisch, und die Kommunisten waren gottlos und schlugen alle Pfarrer und Klosterfrauen tot, aber seitdem die Muttergottes in Fatima in Portugal erschienen war, wußte man, daß auch Rußland wieder christlich würde. Das hatte sie einigen Kindern versprochen, die sie dort gesehen hatten. Daß Maria dem Christentum beistand, merkte man daran, daß Franco siegte. Hitler und Mussolini halfen ihm dabei. Jetzt konnten in Spanien die Roten keine Pfarrer mehr umbringen.

Als die Kommunisten in Spanien aber noch nicht besiegt waren, kam das im Haus neben uns wohnende Fräulein Anna oft ganz aufgeregt zu meinem Vater gelaufen und rief schon auf der Treppe an der Böschung, die Roten hätten schon wieder soundsoviele Pfarrer und Klosterfrauen umgebracht. Zu mir sagte sie, ich solle mit ihr in die Kirche oder besser noch auf den Kapellenberg zur Schmerzhaften Muttergottes gehen, um für die neuen Märtyrer eine Kerze anzuzünden und einen Rosenkranz zu beten. Zum Glück schickte mich mein Vater dann gerade meistens ins Dorf, um einige reparierte Schuhe auszutragen, so daß ich ihr sagen konnte, ich hätte jetzt keine Zeit. Dann ging Fräulein Anna zu ihrem ständig fluchenden, schwarzen Tabak schnupfenden und überall herumspuckenden Vater in die Zimmermannswerkstatt. Dort sagte sie ihm, er solle sich schämen, wo doch in Spanien von den Kommunisten schon wieder so viele katholische Priester und fromme Schwestern ermordet worden seien. Je mehr sie aber auf ihn einsprach, um so lauter fluchte er. In ihrer Not nahm sie den Rosenkranz und betete ein paar Gesetzlein des schmerzensreichen Geheimnisses.

Einmal erschien Fräulein Anna sogar in einer kalten Winternacht die Muttergottes. Sie wunderte sich gar nicht darüber. Sie hatte schon lange auf sie gewartet. Deshalb kniete sie sich einfach in den Schnee und fragte: „Maria, was willst du?“ Aber als sie genauer hinsah, war es eine rauhreifüberzogene Pappel. Aber das wußte sie: So mußte Maria sein. Hoch, hell, rein, licht und ganz weiß.

III. Fasching und Fastenzeit

Der Fasching gefiel mir nicht. Sollte ich mir vielleicht wie die anderen Buben die Nase rot anmalen oder gar mit einer aufgepumpten und an einem langen Stecken befestigten Schweinsblase durch das Dorf rennen und damit die Mädchen erschrecken? Einen richtigen Karnevalsumzug gab es sowieso fast nie. Nur einmal fuhr auf einem langsamen, von Ochsen gezogenen Fuhrwerk eine Altweibermühle durchs Dorf. Bis zur Unkenntlichkeit vermummte junge Burschen krochen als alte bucklige Hexen in langen Röcken durch einen großen Trichter und sprangen dann unten als junge Mädchen in grellfarbenen Blusen wieder heraus und schrien: „Ich bin wieder jung“. Ich fand das Gezeter und die Faxen nicht besonders lustig, obwohl die Leute am Straßenrand lachten und kreischten, wenn die Verwandelten beim Herausspringen ihre haarigen Waden und ihre grün und blau gefrorenen Schenkel zeigten. Bei mir wollte sich keine Ausgelassenheit einstellen.

Ich freute mich, wenn mit der am Aschermittwoch beginnenden vierzigtägigen Fastenzeit die Kirche wieder zu ihrem Recht kam. Mir gefiel es, daß jetzt wieder Lieder, die einem durch Mark und Bein gingen, daran erinnerten, wie eines Tages alles enden würde. „Alles, was es gibt auf Erden, muß zu Staub und Asche werden“, sangen wir. Und das Ende von allem war moderndes Gebein, bedeckt von einem Leichenstein. Der Pfarrer ging dann mit einem Behälter zur Kommunionbank, an der alle Kirchgänger in langer Prozession nacheinander niederknieten, damit er ihnen Asche auf ihren glatzköpfigen Schädel oder ihre frischen Dauerwellen streuen konnte. Dabei erinnerte er jeden noch einmal daran, daß er Staub war und wieder zum

Staube zurückkehren werde: „Memento homo, quia pulvis es, et in púlverem reverteris".

In den auf Aschermittwoch folgenden Wochen gab es an festgesetzten Tagen Ölberg- und Kreuzwegandachten, bei denen der Schmerzhafte Rosenkranz gebetet und Betrachtungen über die Stationen auf Christi Leidensweg vorgelesen wurden. Es gab Lieder, die einem nicht mehr aus dem Kopf gingen. Ja, warum mußte Jesus, der noch vor wenigen Wochen unter einem Reigen singender Engel in der Krippe gelegen war, diesen schaurigen und einsamen Tod auf sich nehmen? Warum half ihm Gottvater nicht? Warum durfte ihn Judas verraten? Warum mußte er sich kreuzigen lassen? Hoch oben auf dem neugotischen Spitzbogen in der Kirchenmitte stand in großen Lettern ein Satz, über den ich oft grübelte: „So sehr hat Gott die Welt geliebt, daß er seinen eingeborenen Sohn dahingab". Was bedeutete „eingeboren"? Warum gab sich Gottvater, der doch allmächtig war und tun und lassen konnte, was er wollte, nicht damit zufrieden, daß Jesus auf dem Ölberg Blut geschwitzt hatte, als er die Menschen erlösen wollte? Warum mußte er ihn kreuzigen lassen?

Meine Mutter sagte mir, ich solle nicht zu viel darüber nachdenken, weil ich alle diese Dinge noch nicht verstehen könne. Ob sie denn alle verstehe? Nein, das könne sie nicht sagen, aber man müsse aufpassen, daß man nicht anfange, an den Wahrheiten unserer katholischen Religion zu zweifeln. Wenn die Religion so einfach zu verstehen wäre, dann bräuchte man ja nicht zu glauben. Zweifel am Glauben seien schrecklich, auch wenn sie niemandem ganz erspart blieben. Selbst heiligmäßigen und frommen Männern und Frauen nicht. Ihre längst verstorbene Mutter sei noch in ihrem Todeskampf wegen ihrer furchtbar langen Krankheit und Auszehrung vom Teufel verhöhnt und verlacht worden. Da habe sie Angst vor den gotteslästerlichen Gedanken bekommen, die ihr der Teufel eingegeben habe. Ob das nun der Lohn dafür sei, daß sie auch an keinem Wochentag die Heilige Messe versäumt habe? Ob sie nun einsehe, daß Frömmigkeit nichts wert sei? Als ihr der Teufel diese gotteslästerlichen Fragen zugeflüstert habe, sei die Mutter fast verzweifelt und habe unter Tränen alle ihre sieben Kinder gebeten, sie möchten doch bei ihr bleiben, sie immer wieder mit Weihwasser besprengen und keinen Augenblick aufhören, für sie zu beten. Jetzt wußte ich, daß es besser war, nicht zuviel über das Warum und das Wozu des Kreuzwegs nachzudenken. Es reichte, daß ich bei den Liedern mitsang, die sich mit Betrachtungen begnügten. Es waren fast immer Bilder, die einen nicht mehr losließen: „Wie ist sein Antlitz voller Schmach und Hohn, / Wie bleich und blutig in der Dornenkron".

Die Fastenprediger, besonders die Patres, die von auswärts kamen, wußten Schreckliches über die Leidensgeschichte Jesu zu berichten. Die Dornen im Heiligen Land, mit denen ihn seine Henker zum Spott gekrönt hatten, seien viel, viel größer als die, welche man hier von Himbeer- und Brombeersträuchern her kenne. Und warum war Jesus mit diesen furchtbaren Dornen gekrönt worden? Wegen unseren Sünden. Alle, die wir unter der Kanzel saßen und immer wieder zusammenzuckten, wußten, daß Jesus auch unseretwegen gelitten hatte. Aber mit seinem blutigen Tod hatte er nicht nur unsere Vergehen, sondern vor allem auch die Erbsünde abgewaschen, mit der außer der Jungfrau Maria seit dem Sündenfall von Adam und Eva im Paradies, die den verbotenen Apfel gegessen hatten, alle, die zur Welt kamen, befleckt waren. Wenn man auch nicht alles begriff, was der Prediger erzählte, so machte das nichts. Er und die Kirche verstanden alles.

Wenn ein Kapuzinerpater zu einer Fastenpredigt kam, gab es meistens eine Gaudi. Bei unserem frommen Pfarrer, der mit ruhiger und gleichmäßiger Stimme predigte und alles, was er sagte, gut einstudiert hatte, gab es fast nie etwas zum Lachen, nicht nur weil er keinen Bart und keinen Bauch hatte. Wenn der Kapuzinerpater auf der Kanzel mit geballter Faust drohte, schrie und herumtobte, erschrak man so, daß man sich unwillkürlich duckte. Aber wenn einer wieder einmal erzählte, wie Voltaire gestorben und wie der Nietzsche verrückt geworden war, dann konnte man sich richtig darüber freuen. Ja, dieser Voltaire habe die Kirche ausmerzen und ausradieren wollen, doch als er dann sein letztes Stündlein habe kommen fühlen, da habe er es ganz schön mit der Angst zu tun bekommen und einen Pfarrer rufen lassen. Der sei aber nicht mehr rechtzeitig gekommen, obwohl er sich beeilt habe, und so habe Voltaire nicht mehr von seinen Sünden absolviert werden können. Ja, das komme davon, wenn man die Kirche ausmerzen und ausradieren wolle, sagte der Pater, lächelte vergnügt und fuhr sich mit den Fingern durch den Bart.

Fast noch interessanter war, was der Kapuziner über Nietzsche erzählte. Wenn man an ihn denke, sehe jeder, wohin Unglaube und Verhöhnung Gottes führten. Verrückt sei er geworden und geblieben. Wer schon im Irrenhaus in Schussenried, in Weißenau, in Liebenau oder in Zwiefalten einen Geisteskranken besucht habe, der wisse ja, wie man dann aussehe und dreinschaue. Ja, was glaubten diese Philosophen eigentlich? Meinten sie, Gott lasse seiner spotten? Ja, was sollte überhaupt die ganze Philosophiererei? Auf krumme und dumme Gedanken, in die Hölle oder ins Narrenhaus kam man, wenn man sie nicht bleiben ließ.

Damit die zur Besinnung, Betrachtung und Gebet einladende, vierzigtägige Fastenzeit nicht zu lange wurde, gab es den Funkensonntag. Schon einige Tage zuvor wurde ein langer Tannenbaum im Wald von den Zweigen gesäubert, ins Dorf gefahren, dort mit Stroh eingebunden, auf einem Acker aufgestellt und am Abend von Sonntag Laetare als Hexe verbrannt. Wenn man auf den Acker hinausging, wo der große Holzstoß mit der darin steckenden Hexe angezündet wurde, riefen einem die Frauen nach, man solle ihnen eine von den mitgebrachten Scheiben schießen. Sie waren aus Birkenholzästen, die zu schmalen Ringen zersägt waren und in deren Mitte ein Loch gebohrt worden war, damit man sie auf einen Stock stecken konnte. Am Funkenfeuer brachte man die Holzringe zum Glühen, ging dann mit ihnen zu einer Pritsche und schrie so laut wie möglich: „Scheib aus, Scheib ei, / Scheib über die nei, / die Scheib, die soll für die und jene sei, / fliegt sie it, no gilt sie it, / no krieg i auh kei Küchle it". Einige schossen ihre Scheiben so kräftig von der Pritsche, daß sie in weitem Bogen, von allen bewundert, fast zu den Sternen hinauf nach oben stiegen. Als ich mein Glück auch einmal versuchte, wurde ich verlacht, weil meine Scheibe gleich neben der Pritsche in den Acker fiel. Aber inzwischen brutzelte in den Bauernhäusern überall in großen Pfannen das Schweineschmalz, in dem Küchle gebacken wurden für die, die aus der Kälte nach Hause kamen. Am schönsten aber war, daß jetzt, wenn die Hexe schließlich soweit verbrannt war, daß sie in sich zusammenbrach und funkenstiebend auf den gefrorenen Acker fiel, das Frühjahr schon ganz nah war.

Ich war froh darüber, daß die Tage wieder länger wurden. Denn jeden Abend, wenn ich der Großmutter die Milch von der Molkerei gebracht hatte, fürchtete ich mich vor dem Heimweg, ganz besonders vor dem engen Durchgang zwischen Kirche und Kapellenberg. Nur selten traf ich dort jemanden an. Manchmal konnte man vor Dunkelheit die Hand vor dem Auge nicht sehen. Nur wenn noch ein Rosenkranz für einen Verstorbenen gebetet wurde, war die Kirche beleuchtet, aber auch das war lediglich das fahle Licht einer spärlichen Lampe und das unruhige Flackern der Dochte auf den Wachsstöcken der alten Weiber. Mit der Milchkanne durch die Kirche durchzugehen, das gehörte sich nicht. Am besten war es also, wenn ich so schnell wie möglich durch das Dunkel lief. Freilich mußte ich mitten im Lauf innehalten, denn in der

Kirchenmauer befand sich genau auf der Höhe des Tabernakels, vor dem das Ewige Licht brannte, ein kleines Fenster. Wenn ich das Ewige Licht auch nicht sah, so wußte ich doch darum. Und war ich auch nicht in der Kirche, so mußte ich doch auf der Höhe des Tabernakels mein rechtes Knie beugen. Ein einfaches Stoßgebet im Laufen hätte nicht genügt. Aber ich mußte auch darauf achten, daß ich keine Milch verschüttete. Niemand hätte mich im Dunkel gesehen, wenn ich keine Kniebeuge gemacht hätte. Aber am Ende des dunklen Durchgangs stand in einem eigens dafür gebauten Erker ein lebensgroßes Standbild des gegeißelten und mit Dornen gekrönten Christus, das vorwurfsvoll auf alle Vorübergehenden blickte. Bei Tag konnte man schon einmal sorglos daran vorbeigehen, aber nach dem abendlichen Gebetläuten wollte das nicht mehr gelingen.

Nicht weit vom Erker wohnte der Uhrmacher Maier, der an seinem bei geschlossenen Läden fast finsteren Haus eine Uhr mit Leuchtreklame angebracht hatte. In regelmäßigen zeitlichen Abständen schien sie auf und erlosch dann wieder. Fiel ihr Widerschein auf den gegeißelten Christus, wenn ich vorbeihastete, sah er mich jedes Mal vorwurfsvoll an. Vielleicht war er mit meiner Kniebeuge vor dem Tabernakel nicht ganz zufrieden. Mußte ich vielleicht umkehren und sie noch einmal wiederholen, um den Heiland zu versöhnen? Wenn die Reklame nicht brannte, war ich erst recht vom Zweifel geplagt, wie mich der gegeißelte Christus wohl angeschaut hätte, wenn ich es ihm durch mein listiges Abwarten nicht unmöglich gemacht hätte, mich zu mahnen. So wurde mir die aufblinkende Uhr zum Auge Gottes, das mich strafend ansah. Jesus stand zwar das ganze Jahr mit gefesselten Händen hinter den Gitterstäben, aber Gott Vater wachte darüber, daß vor der Statue Seines Sohnes das ihm geschuldete Gebet verrichtet wurde, mochte es auch nur ein schnelles „Mein Jesus, Barmherzigkeit" sein. Der Uhrmacher stand nicht gerade im Ruf ausgesuchter Frömmigkeit. Er hatte wohl keine Ahnung davon, daß er mit seiner Reklame ein zuckendes Gottesauge aufgehängt hatte. Daß es rund und nicht dreieckig war, hatte nicht viel zu bedeuten.

Groß wäre der Umweg nicht gewesen, wenn ich auf leidlich beleuchteter Straße zwischen Kirche und Pfarrhaus nach Hause gelaufen wäre. Keine Verpflichtung zu Stoßgebet und Gewissenserforschung hätte mir dort den Heimweg zur Qual gemacht, aber ich glaubte zu wissen, daß ich vor Gott nicht ausweichen durfte, damit ich nicht später am Jüngsten Tag vor seinem Richterstuhl verworfen würde.

Damit einen der Heiland nicht mehr gar so traurig ansah, mußte man seine Sünden beichten. Im Alter von sieben oder acht Jahren wurden wir daher im Katechismus- und Religionsunterricht darauf vorbereitet, unser Gewissen zu erforschen. Wir mußten zunächst einmal den Unterschied zwischen den verschiedenen Sünden richtig lernen. Die Todsünden mußte man immer gleich beichten. Wer mit einer Todsünde starb, ohne Gott versprochen zu haben, sie bei nächster Gelegenheit zu beichten, kam unweigerlich in die Hölle. Nur die vom Pfarrer im Beichtstuhl erteilte Absolution rettete den Sünder davor. Er mußte dann, falls er sterben würde, zwar wahrscheinlich noch mit Bestrafung der gebeichteten Sünden im Fegefeuer rechnen, aber der Teufel hatte über den von seinen Sünden Losgesprochenen keine Macht mehr.

Wegen der läßlichen Sünden kam man zwar nur ins Fegefeuer, aber es war nicht immer leicht, die Sünden voneinander zu unterscheiden. Wenn einer heilige Namen im Zorn aussprach, dann war es eine Todsünde. Wenn er sie leichtfertig aussprach, dann war es eine läßliche Sünde. Wenn er „Herkules“ statt „Herrgott“ sagte, dann war es vielleicht nicht einmal eine läßliche Sünde, und dann kam man vielleicht nicht einmal ins Fegefeuer dafür. Vielleicht war es gut, wenn man ein bißchen lachte, falls man einmal „Herkules“ sagte, dann merkten alle, die im Himmel auf einen aufpaßten, daß man wirklich nicht den Herrgott und daß man es ganz bestimmt nicht böse gemeint hatte.

Am einfachsten war das Sechste Gebot: Es waren lauter Todsünden, da durften wir uns keine falschen Hoffnungen machen. Ob wir unkeusche Reden führten oder anhörten, ob wir Unkeusches anschauten oder dachten, ob wir Unkeusches allein oder mit anderen taten: Todsünden waren es allesamt, schwarz und abscheulich wie Fliegen auf einem Kuhfladen. Es waren Sünden, die zum Himmel stanken. Wenn man irgendwo im Freien Wasser lassen mußte, war es gut, wenn man in die Luft guckte oder die Augen zudrückte. Und länger als unbedingt nötig, durfte man den Unkeuschen nicht ausschütteln, wenn man mit seinem Geschäft fertig war. Wenn irgendwo Unanständiges geredet wurde, mußte man zeigen, daß man nicht dazugehörte, indem man wegging. Wenn andere sich unkeusch aufführten, dann mußte man wegschauen. Sicher war das nicht immer leicht. Um jedoch allen unkeuschen Versuchungen Herr zu werden, konnte man den heiligen Aloysius anrufen. Ich kannte ihn gut, denn er stand mit Lilie und Chorhemd in Gips an einem Pfeiler unserer Kirche. Aloysius hatte nicht einmal seine Mutter angeschaut, damit er nicht auf unkeusche Gedanken kam.

Neben den Zehn Geboten, die Gott auf dem Berg Sinai mit Blitz und Donner verkündet hatte, gab es noch die Gebote der Kirche. Wenn man keine besondere Erlaubnis vom Pfarrer hatte, durfte man am Freitag kein Fleisch essen. Das machte mir nichts aus, weil ich Pfannkuchen, Reis- oder Brotauflauf mit eingemachtem Obst besonders gern mochte und auch nichts gegen Bismarckheringe und gesottene Kartoffeln hatte. Daß man am Sonntag mindestens einmal zur Messe gehen mußte, das stand zwar nicht in den Zehn Geboten, weil es die Messe noch gar nicht gab, als Moses auf dem Berg Sinai die Steinplatten mit den

Zehn Geboten abgeholt hatte, aber eine Todsünde wäre es bestimmt gewesen, falls man sie einmal versäumt hätte. Es reichte auch nicht, wenn man noch nach der Opferung kam, denn sie war mit Wandlung und Kommunion ein Hauptteil der Messe, und man durfte keinen einzigen davon verpassen. Wenn jemand in der Familie zur Kommunion gehen wollte, dann tat er dies schon bei der Frühmesse, damit er mit den anderen frühstücken konnte und dann beim Hochamt nicht vor Hunger ohnmächtig wurde.

Am Sonntag gab es immer einen Gugelhupf, einen Kranz oder einen Zopf und Butter und Gsälz, wie wir die Marmelade nannten. Wir hatten alle frische Hemden und Blusen an, mein Vater trug einen gestärkten Hemdkragen und frische Manschetten, die ich noch am Samstag bei der Frau des Postboten Zweifel abgeholt hatte. Es wäre schön gewesen, wenn wir in der warmen Stube hätten bleiben dürfen. Aber die Mutter mahnte uns immer schon früh zum Aufbruch, denn zu spät durften wir nicht kommen. Bei Maria bestand keine Gefahr. Sie war immer schon als erste fertig und achtete darauf, daß auch ich so schnell wie möglich zum Ausgehen angezogen war. Wenn mein Vater ohne Kragen zum Frühstück kam, dann wußte man schon, daß er seinen Kragenknopf nicht gefunden hatte, auch wenn er sich damit herausredete, er brauche vor der Messe noch ein bißchen Luft um den Hals. Aber wenn dann um Viertel vor neun Uhr alle Glocken zusammen läuteten, dann war es höchste Zeit, die Jacken oder Mäntel anzuziehen. Jetzt kam es heraus, daß mein Vater nicht wußte, wo er seinen Kragenknopf hingelegt hatte. Aber gerade noch im letzten Augenblick kam er dann meistens zum Vorschein, oder meine Mutter holte den von ihr gut versteckten Reservekragenknopf heraus, und so waren wir dann alle pünktlich da, wenn der Ministrant Punkt neun Uhr den Griff des Glockenstrangs vor der Sakristei herunterriß. Der Pfarrer trat hinter ihm Gebete murmelnd zum

Altar, und Oberlehrer Thuma übertönte mit einem lauten Spiel auf der Orgel alle jetzt bald verstummenden Gespräche und Geräusche.

Wer seinen Katechismus gut gelernt hatte und außer den Zehn Geboten auch die Gebote der Kirche gut kannte, der wußte, daß es nicht reichte, ein Christ zu sein: ein katholischer Christ mußte man sein. Ja, wie stellten die Evangelischen sich das eigentlich vor? Glaubten die vielleicht, sie hätten keine Todsünden? Jede Menge hatten sie. Die Evangelischen gingen zwar auch manchmal in die Kirche, aber was sollte ihnen das schon helfen, wenn sie nicht einmal eine Heilige Messe hatten? Sie mußten ja Angst vor jedem Sonntag haben, weil sie dann unweigerlich schon wieder eine Todsünde mehr hatten. Es konnte ja sein, daß ihre Pfarrer es recht und gut meinten, wenn sie ihren Evangelischen am Sonntag eine Predigt hielten und dann mit ihnen beteten und sangen, aber man konnte sich ja vorstellen, was für eine Freude der liebe Gott an ihrem Todsündergesang hatte. Ja, was waren das für Pfarrer, die sogar verheiratet waren? Man mußte jedem Evangelischen wünschen, daß er schon gleich nach der Taufe starb. Denn ihre Taufe galt, so daß wenigstens ihre Kinder in den Himmel kommen konnten, wenn sie das große Glück hatten, möglichst bald zu sterben. Aber wer sollte die erwachsenen Evangelischen von ihren Sünden lossprechen, wo sie doch gar keine richtige Beichte hatten? Die Evangelischen bildeten sich vielleicht noch etwas darauf ein, daß sie kein Bußsakrament hatten, wie sie sich ja auch damit wichtigmachten, daß sie nicht ans Fegefeuer glaubten. Dann durften sie vielleicht schon zur Strafe gar nicht dorthin, und so mußten sie eben gleich in die Hölle. Aber warum waren sie auch evangelisch und nicht katholisch, wo dies doch vielleicht sowieso die schlimmste aller Sünden war?

Bevor wir zur Ersten Heiligen Kommunion durften, mußten wir alle beichten. Vom Pfarrer sah man hinter dem Beichtstuhlgitter fast nur die Stola. Am besten schaute man ihn gar nicht an, neigte den Kopf und sagte so schnell wie möglich die auswendig gelernten Gebete und alle Sünden. Man war froh, wenn der Beichtvater nichts fragte. Beim Sechsten Gebot, wo es um die Unkeuschheit ging, mußte man darauf gefaßt sein, daß er fragte „Wie oft“ oder beim Siebten Gebot „Wieviel“? Mußte ich es beichten, daß ich am Montag manchmal, wenn die Kirche ganz leer war, mit meinen Vettern Georg und Bruno in der Kirche nachguckte, ob wir nicht zwischen den Bänken ein paar Pfennige fanden, die beim Suchen der Kirchgänger nach dem Opfergeld für den Klingelbeutel heruntergefallen waren? Besonders hinten im „Loch“, wo meine Großmutter mit den anderen schwerhörigen und halb erblindeten alten Weibern am Sonntag die Messe hörte, hatten wir vielleicht Glück. Mit dem Geld konnten wir dann Pulverkapseln kaufen. Wir taten es, obwohl wir genau wußten, daß wir die gefundenen Pfennige in den Opferstock des Heiligen Antonius hätten werfen müssen. Es war ganz bestimmt jedes Mal eine Sünde. Ich hätte gerne gewußt, ob es auch eine Todsünde war, denn ich beichtete sie nicht, weil ich Angst vor den Fragen des Pfarrers hatte, und redete mir ein, es seien vielleicht nur läßliche Sünden gewesen, weil wir nie mehr als Ein- oder Zweipfennigmünzen gefunden hatten. Aber sicher war ich mir doch nicht, und am Abend hörte ich, wie die Stimme des Gewissens in beiden Ohren pochte.

Man sah an der Größe der Buße, ob die Sünden normal oder außergewöhnlich gewesen waren: Drei „Gegrüßet seist Du Maria“ waren die Regel. Auch die Verweildauer im Beichtstuhl wurde von den anderen Beichtkindern beobachtet, weil sie Rückschlüsse auf Umfang und Größe der Sünden gestattete. Besser als der Pfarrer wußte der Heiland im Erker, ob ich alles gebeichtet hatte und ob er nicht umsonst für mich gestorben war.

IV. Ostern und Weisser Sonntag

Selten war es spannender in der Kirche als am Karsamstag, wenn bei einer kurzen Andacht am Abend die Auferstehung Christi gefeiert wurde, obwohl dann das Heilige Grab mit dem toten Jesus und den davor knienden trauernden Engeln immer noch nicht abgeräumt war. Die Kirche war schon nicht mehr so kalt wie in den Wintermonaten, und der Gottesdienst dauerte gerade lang genug, um dem Osterhasen Zeit zu lassen, in die schon seit Tagen unter den Trauftannen am Waldrand vorbereiteten Nester aus frischem Moos und bunter Holzwolle seine bemalten Eier zu legen. Die Altäre waren während der ganzen Karwoche mit schwarzen Tüchern verhüllt, die hohen Fenster im Chor mit schwarzen Vorhängen verdunkelt. Wir warteten alle gespannt darauf, ob es dem Mesmer Schöb, der vorher auf das Gewölbe unterm Dach hinaufgestiegen war, gelingen würde, die Vorhänge alle gleichzeitig und genau im richtigen Augenblick, wenn Oberlehrer Thuma für alle mit vollen Registern auf der Orgel den Einsatz zu „Christus ist erstanden" gab, aus ihrer Verknotung zu lösen, und es dazu auch noch fertig bringen würde, daß alle gleichzeitig auf den Boden fielen.

Jetzt konnte man so laut wie möglich und immer wieder in das mehrfach wiederholte Alleluja einstimmen. Aber der im Chorgestühl kniende Vikar, den alle Mädchen anhimmelten, weil er so rabenschwarze Haare und einen so scharf gezogenen Scheitel hatte, holte auf einmal meinen laut „Alleluja, Katz hat's Knui a'" singenden Bruder Josef von seinem Platz und führte ihn unsanft zur Kommunionbank, wo er ihn für alle sichtbar zum Niederknien zwang.

Es war eine Schande für die ganze Familie. Die Osterfreude war uns allen darüber vergangen. Josef wagte zuerst gar nicht nach Hause zu kommen, und als er sich nach einiger Zeit einschleichen wollte, fand er beide Türen verriegelt. Ich sah ihn, wie er hinter den eisernen Gitterstäben vor unserem Küchenfenster sich zwischen Holzschuppen und Haus wie eine Arme Seele unstet herumtrieb, bis der Vater schließlich meinte, Josef sei jetzt genug gestraft und ganz solle man sich die Freude über die Auferstehung durch den schön gescheitelten schwarzhaarigen Vikar nicht verderben lassen.

Monatelang wurden wir darauf vorbereitet, am Weißen Sonntag, eine Woche nach Ostern, den Heiland mit Fleisch und Blut bei der Ersten Heiligen Kommunion in der Hostie zu empfangen. Ich beobachtete daher aufmerksam die Kirchenbesucher, wenn sie von der Kommunionbank zurückkamen. Die meisten waren andächtig gesammelt, wenn sie zu ihrem Platz in einer der Kirchenbänke zurückgingen, und ließen sich durch die auf sie gerichteten Blicke scheinbar nicht stören. Aber einige hasteten schnell zurück, weil sie es nicht mehr aushielten, daß sie von allen angegafft wurden. Doch es kam auch vor, daß Buben gegen das Grinsen und Mädchen gegen das Kichern ankämpfen mußten, obwohl sie die Hostie noch nicht einmal geschluckt hatten. Das sollte mir nicht passieren. Ich wollte alles richtig machen. Der Heiland sollte seine Freude an mir haben. Und vielleicht zeigte er dem ganzen Dorf durch ein Wunder, daß er nichts so sehr gewünscht hatte, als sich mit mir zu vereinigen.

Wie ich gehört und gelesen hatte, war es bei Erstkommunikanten schon vorgekommen, daß dem Pfarrer eine bereits verwandelte Hostie aus dem Kelch geschwebt war, weil es auch Jesus vor Ungeduld nicht mehr aushalten konnte, bis er zu dem sehnlichst auf ihn wartenden Kommunionkind kommen durfte. Alle Leute in der Kirche hatten dann sehen können, wie die Hostie zwischen die bereits geöffneten Lippen des betenden Erstkommunikanten hineingeflogen war.

Aber auch furchtbarer Frevel wurde manchmal bei der Kommunion getrieben. Bei Memmingen hatte ein böser Müller die Hostie nicht geschluckt, sondern heimlich aus dem Mund genommen und dann von seinen Mühlsteinen zermahlen lassen wollen. Da kam eine große Überschwemmung und ersäufte ihn, seine ganze Familie und auch seine Mühle.

Bevor wir am Weißen Sonntag in die Kirche gingen, versammelten wir uns alle auf dem Schulhof. Die Mädchen trugen weiße Kleider, weiße Strümpfe, weiße Schuhe und einen Kranz aus weißen Papierrosen. Die Buben hatten alle weiße Hemden, dunkelblaue Bleyleanzüge, weiße Socken und braune oder schwarze Schuhe an. Nicht alle hatten ihre neuen Schuhe bei uns gekauft. Aber das mußte ich ihnen und ihren Eltern so kurz vor der Kommunion verzeihen.

Trotz der kurzen Hosen war von den Knien der Buben fast nichts zu sehen, denn der Anzug mußte nun fünf Jahre lang am Sonntag zum Kirchenbesuch getragen werden. Jeder mußte zuerst noch in ihn hineinwachsen. Es hatte Zeit damit, denn erst zur Schulentlassung bekam man dann einen neuen Anzug mit langen Hosen.

Ich hatte zur Ersten Heiligen Kommunion wie die meisten meiner Klassenkameraden einen neuen Volksschott, „Das Meßbuch der heiligen Kirche“, bekommen. Dazu ein weißes Tüchlein, das in der linken Jackentasche meines Bleyleanzugs steckte, und einen neuen Rosenkranz. Ich hatte die Wahl zwischen einem silbernen oder einem perlmutternen gehabt. Jeder hatte drei Mark gekostet. Das war mir komisch vorgekommen, denn warum sollte ein Perlmutterrosenkranz (was war überhaupt Perlmutter?) so kostbar sein wie ein silberner? Schott, weißes Tüchlein und Rosenkranz hatte meine Mutter mit mir bei Vogts Wally gekauft. Sie wohnte in einem schönen Haus nicht weit von der Schule. Sie war eine Jungfer geblieben. Manche meinten, weil ihr keiner gut genug gewesen sei, andere, weil sie nie die Schönste gewesen sei. Von Vogts Wally stammte auch die Kommunionkerze. Der Wachszieher hatte einen goldenen Kelch daraufgezaubert. Über dem Kelch schwebte eine weiße Hostie, von der goldene Strahlen ausgingen. Fast alle hatten solche Kerzen, weil Vogts Wally gar keine anderen feilbot. Aber einige hatten ihre Kerzen wohl anderswo gekauft, denn ein paar Buben und Mädchen hatten welche mit einem Herzen Jesu, aus dem eine rote Flamme schlug. Diese Kerzen fielen besonders auf. Besser wäre es gewesen, alle Kerzen hätten gleich ausgesehen, denn wer die anderen um ihr Rot beneidete, verspürte vielleicht Neid, und Neid war eine Hauptsünde. Hauptsünden waren noch ärger als Todsünden. Aus dem Beichtunterricht wußte ich, daß eine Hauptsünde immer noch andere Sünden mit sich brachte. Wenn man zum Beispiel einen um sein rotes Herz Jesu beneidete, trat man ihm vielleicht gegen das Schienbein, damit ihm seine Wichtigtuerei verging, und das war dann eine Sünde gegen das Fünfte Gebot, gegen das auch Kain gesündigt hatte. Darum hatten wir schon früh den Spruch auswendig gelernt: „Den Neid jag' auf der Stelle fort, / Aus Neid geschah der erste Mord".

Der Pfarrer holte uns ab und fragte, ob wir auch alle seit Mitternacht nüchtern seien, denn wenn einer etwas gegessen oder getrunken hätte – das wußten wir –, hätte er nicht kommunizieren dürfen. Ich hätte mich ja verschlucken können. Das wäre schlimm genug gewesen. Alle hätten davon geredet, und man wäre ausgelacht worden, wie eine Freundin meiner Schwestern, die sich vergessen und ein Stück Zucker in den Mund gesteckt hatte und es erst merkte, als es schon lange zu spät war. Ihre von weit hergekommene Taufpatin wäre fast in Ohnmacht gefallen, als sie nun merkte, daß die ganze Reise für die Katz gewesen war.

Furchtbar wäre es gewesen, wenn einer mit einer Todsünde kommuniziert hätte. Der hätte einen Gottesraub begangen. Wir hatten tags zuvor gebeichtet. Es war besser, zu viel als zu wenig Sünden einzugestehen, damit man ja ganz rein wurde. Für Jesus mußte es schrecklich sein, von einem Todsünder empfangen zu werden, der eigentlich in die Hölle gehörte. Wenn Jesus in seinen Magen kam, dann war es für ihn dort ganz bestimmt fast nicht auszuhalten. Läßliche Sünden waren zwar auch nicht schön, führten aber wenigstens zu keinem Gottesraub, und oft wurde man auch durch die große Gnadenwirkung der Kommunion sowieso ganz von ihnen gereinigt.

So viel war sicher: Nur wenn einer schon auf dem Weg zur Kommunionbank ganz ohne Sünden war, wurde er vielleicht für ein Wunder ausersehen. Darum hatte ich seit meiner Beichte nur die nötigsten Gebete verrichtet. Unandächtige Gebete hätten nur läßliche Sünden angehäuft. Ob ich wirklich ganz rein war? Sicher wußte ich es nicht, aber so viel war gewiß: Am besten war es, man redete nichts, um nichts Unpassendes zu sagen, man hörte auf nichts, um sich nicht durch unkeusche oder gottlose Reden zu beflecken, man dachte an nichts, um nichts Leichtfertiges oder Unanständiges zu denken. Der Schutzengel wachte zwar über jeden, aber auch der Teufel war nicht faul. Man mußte auf der Hut sein.

In der Kirche warteten die Eltern und Paten bereits in den für sie reservierten Bänken, und als wir unter Glockengeläute durch das Mittelschiff zu unseren Plätzen gingen, schneuzte sich manche Mutter und Patin, weil sie ihrer Rührung nicht mehr Herr wurde. Entgegen sonstiger Gepflogenheiten wurde von den Buben auf dem Weg in die Bankreihen kein Raufhandel begonnen. Kaum einer guckte sich um, und einige erkannte man vor lauter Ernst und Feierlichkeit fast nicht wieder.

Ich folgte der Heiligen Messe so inbrünstig wie möglich, denn wenn ich die Heilige Kommunion im Zustand der Gnade empfing, dann geschah vielleicht kein Wunder, aber ich hatte dann bestimmt einen vollkommenen Ablaß gewonnen. Ich hätte ihn mir zukommen lassen können, dann wäre ich ohne Fegefeuer in den Himmel gekommen, falls ich vor der nächsten Sünde gestorben wäre. Ich wollte aber am Tag meiner ersten Heiligen Kommunion nicht sterben und lieber einem anderen meinen vollkommenen Ablaß überlassen. Doch wem? Viele hätten ihn brauchen können, aber ich hatte nur einen zu vergeben. Von meiner längst verstorbenen Großmutter Maria, von deren großer Frömmigkeit mir meine Mutter oft erzählte, konnte ich mir nicht vorstellen, daß sie noch im Fegefeuer war, auch weil von ihren Kindern schon viel für sie gebetet worden war. Meine gleich nach Geburt und Taufe verstorbene um drei Jahre jüngere Schwester Klara war ganz bestimmt im Himmel, schon weil sie zum Sündigen gar keine Zeit gehabt hatte. Und sowieso hatte wahrscheinlich mein Onkel Josef, der jeden Tag kommunizierte, längst alle Verwandten, auch die seiner Schwägerin, aus dem Fegefeuer herausgebetet. Aber da hatte ich einen schönen Einfall, den man eine Eingebung nennen konnte. Als ich noch in den Kindergarten ging, traf ich manchmal auf dem Weg dorthin die fast gleichaltrige Resi, die immer mit mir herumstritt und mir oft mit ihren langen, dreckigen Nägeln das Gesicht zerkratzte. Eines für sie gar nicht schönen Tags fiel sie in einen Kessel mit siedendem Wasser und starb dann bald darauf. Wenn ich daran dachte, wie übel sie mich manchmal zugerichtet hatte, konnte ich mir nicht vorstellen, daß sie alle ihre an mir verübten Sünden schon im Waschkessel ihrer Mutter abgebüßt hatte. Sie sollte meinen vollkommenen Ablaß bekommen. Gewiß würde sie nicht wenig staunen, wenn man ihr dann im Himmel erzählte, daß gerade ich sie aus dem Fegefeuer erlöst hatte.

Als der Pfarrer bereits mit Kelch und Hostie am Altar, der Kommunionbank und den Gläubigen zugewandt, dastand, paßte ich besonders auf, damit ich nichts falsch machte. Die Buben waren zuerst an der Reihe. Der Pfarrer ging von einem zum anderen und murmelte „Corpus Domini nostri Jesu Christi ...". Den Rest hörte man nicht. Das war aber auch nicht wichtig. Wichtig war es, im richtigen Augenblick den Mund weit genug aufzumachen. Der eine oder andere hatte es wohl nicht getan, darum schimmerte der Daumennagel des Pfarrers so feucht. Jetzt hatte ich die Hostie auf der Zunge. Durch eine Probekommunion mit unverwandelten Oblaten waren wir auf den faden Geschmack vorbereitet, aber ich war trotzdem enttäuscht, daß sich die echte Hostie überhaupt nicht von der unechten unterschied. Jetzt klebte mir die Hostie auch noch am Gaumen. Was ich befürchtet hatte, war also doch passiert. Um Himmels willen! Nicht mit den Fingern in den Mund fahren! Hostien berühren durfte nur der Pfarrer, weil der auch deshalb eigens die Priesterweihe empfangen hatte. Ich schluckte vergeblich. Jetzt ging es darum, den am Gaumen klebenden Jesus mit der Zungenspitze wieder zu lösen, noch bevor ich wieder von der Kommunionbank aufstehen mußte. Und dann mußte ich Ihn schnell hinunterschlucken, ohne Ihn zu zerbeißen. Gott sei Dank! Auf einmal konnte ich die Hostie doch noch hinunterwürgen, bevor ich wieder auf meinen Platz zurück mußte. Jetzt brauchte ich nur noch fünf „Vater unser", fünf „Gegrüßet seist Du, Maria", einmal „Ich glaube an Gott, den allmächtigen Vater" und ein einziges „Ehre sei Gott, dem Vater" andächtig zu beten, dann war, wenn ich ganz ohne Sünde gewesen war, Resi im Himmel. Ob sie mir wohl nachts im Traum erschien, um sich zu bedanken?

Als Erstkommunikant hatte ich mir zum Mittagessen ein Paar Bratwürste gewünscht. Ich bot zunächst meinen Geschwistern eine davon an und sagte ihnen, sie sollten sie untereinander aufteilen. Daran konnten sie sehen, wie die Gnade bei mir immer noch nachwirkte.

Es war aber auch schön, als ich dann wieder normal leben durfte. Da ich künftig sowieso mindestens alle vier Wochen zum Beichten und zum Kommunizieren gehen mußte, weil es der Pfarrer und die Mutter so wollten, war es auch nicht schlimm, wenn ich ein paar läßliche Sünden auf dem Gewissen hatte.

Wie sehr die Gnadenwirkung meiner ersten Heiligen Kommunion schon bald nachließ, das merkte man an meinem Ärger, als Max, der um einige Jahre jüngere Sohn des Schloßherrn, schon lange vor dem dritten Schuljahr kommunizieren durfte und vorher nicht einmal richtig zu beichten brauchte. Das müsse er nicht, erklärte uns der Pfarrer, weil es eine Kinderkommunion sei. Ja, das Theater hätte man sehen müssen! Er kommunizierte auch nicht mit den anderen Kindern, sondern vorne im Chor der Kirche, in den er mit seiner Mutter von der Empore heruntergekommen war. Seinetwegen ging der Pfarrer nicht gleich zur Kommunionbank, wo das gewöhnliche Volk wartete. Der Mesmer Schöb hatte vorher ein besonders steif gestärktes und schönes weißes Tuch auf die Chorbank unter der Empore gelegt und dann immer wieder daran herumgezupft, weil es ihm immer noch ein wenig schief zu hängen schien. Und dann kommunizierten auch noch andere Schloßherrschaften, die eigens auf Besuch gekommen waren. Ja, waren vor Gott nicht alle Menschen gleich, brauchten die vielleicht eine Extrawurst? Meiner Mutter wollte es nicht recht gelingen, meine stotternd vorgebrachte Empörung ganz zu beschwichtigen. Ich solle bedenken, daß die im Schloß eben die Patronatsherren unseres Pfarrers seien. Ob der denn außer Gott, dem Papst und dem Bischof noch einen anderen Herrn habe?

Mir war es schon früh aufgefallen, daß mein Vater, wenn er Rechnungen herausschrieb, dem Namen des Schloßherrn „Hochwohlgeborenen Herrn“ voransetzte. Und das mußte man sagen, in meines Vaters schwungvoller Schrift nahmen sich vor allem die beiden großen ‚H‘s besonders schön aus. Nicht einmal sein Bruder, der doch Lehrer war, hätte sie so gut hingekriegt, und der Pfarrer schon gar nicht. Aber mir wäre es trotzdem lieber gewesen, mein Vater hätte den „Hochwohlgeborenen“ weggelassen. Ich gab mich erst zufrieden, als er mir erklärte, er hoffe, daß er vielleicht mit seinem „Hochwohlgeborenen“ früher bezahlt werde.

Aber was mußte unser Pfarrer, wenn er einmal mit der alten Schloßherrin durchs Dorf ging, so ein Getue haben und sie „Gnädige Frau“ nennen? Und wenn sie etwas zu ihm sagte, dann legte er den Kopf noch aufmerksamer und frömmer auf die Seite als gewöhnlich. Mich freute es richtig, als ich von meiner Mutter hörte, daß die Bauern vor langer Zeit, als sie keinen Frondienst mehr leisten wollten, einmal mit Dreschflegeln und Sensen zum Schloß hinaufgegangen seien und die mal Mores gelehrt hätten. Ja, warum es dann immer noch Schloßherren auf dem Berg gebe? Das wisse sie nicht. Und auch mein Vater, der vieles wußte, konnte mir nicht genau sagen, wie das damals zugegangen war.

Ich freute mich richtig, als ich einmal oben in der neuen Bergkapelle, wo die Gruft der früheren Herren von Erolzheim war, las, daß sie dort ihrer Auferstehung harrten. Wenn sie bloß darauf gewartet hätten, wäre nichts dagegen zu sagen gewesen. Aber sie wollten eben nicht warten wie andere Leute. Ja, meinten die denn, man werde ihretwegen die Auferstehungsposaunen früher blasen, weil sie so ungeduldig in ihrer Gruft lagen?

V. ANDACHTEN, WALLFAHRTEN, PROZESSIONEN

SCHON lange, bevor meine Mutter mit „Guten Morgen“ und „Gelobt sei Jesus Christus“ nachsah, ob ich mich nicht verschlief, hatte mich das „Himmel-Herrgott-Sakrament“ und das „Heiland-Jesus-Kruzifix-Kreuz-Sakrament“ der mit ihren Kühen zum Futterholen fahrenden Bauern geweckt. Besser als diese gotteslästerlichen Flüche wäre es gewesen, wenn die laut schimpfend auf ihre Wiesen Fahrenden zwischen Kreuzauffindung im Mai und Kreuzerhöhung im September am Freitag wie alle frommen Bauersleute und wie ich und meine Mutter mit dem Pfarrer zur Messe und zum Wettersegen auf den Kapellenberg gepilgert wären. Wenn die Männer schon keine Zeit hatten, schickten sie wenigstens ihre Frauen und Töchter, denn wer eine christliche Gesinnung hatte, wußte, daß einen der Segen des Pfarrers weiter brachte als wüstes Herumschreien.

Ich ging besonders gern zur Wallfahrt, seitdem Heddie, ein blondes Mädchen aus dem Rheinland, bei einem Bauern zu Besuch war und jedes Mal bei der Prozession mitkam. Ich mußte zwar das Kreuz voraustragen, aber sie wußte es einzurichten, daß sie fast neben mir ging. Dabei vergaß ich manchmal, auf die über den Weg hängenden Buchenzweige mit dem jungen Laub aufzupassen. Statt dessen guckte ich schräg nach hinten auf ihren blonden Pferdeschwanz. Wenn ich mich dann im Geäst verfing, und das Mädchen mich mit weißen Zähnen und blauen Augen anlachte, kriegte ich Angst, meine Mutter könnte gemerkt haben, warum ich so unvorsichtig mit meinem an einer langen Stange befestigten Kruzifixus umging. Aber wegen ihres dreimal vergeblich operierten Kropfes war ihr das Rosenkranzbeten im Steigen recht beschwerlich, und so hörte sie es nicht, wenn mich die alten Weiber mit „Hurenhans verreckter, spring net so" zur Langsamkeit mahnten. Die blonde Heddi aus dem Rheinland lachte dazu, und ich dachte mir, wie schön es wäre, das Kreuz an einen Baum zu lehnen und mit ihr in den Wald hineinzulaufen.

Aber da war meine Mutter, da war der Pfarrer und da waren all die frommen Frauen, von denen einige sogar darum beteten, daß ich Geistlicher würde, damit die Erolzheimer wieder einmal eine schöne Primiz feiern konnten. Und schließlich wußte ich ja nicht einmal, ob das Mädchen auch mitgekommen wäre oder ob sie mich bloß ausgelacht hätte. Und da mahnte mich auch der Pfarrer schon, langsamer zu gehen, so daß ich schnell ein paar Mal beim „Heilige Maria, Mutter Gottes, bitte für uns Sünder, jetzt und in der Stunde unserer Todes, Amen" ganz laut mitbetete, damit er merkte, wie andächtig ich war.

Denn es war ja durchaus möglich, daß ich vielleicht doch Geistlicher wurde. Und darum mußte ich genau aufpassen, wie der Pfarrer alles machte. Ganz besonders beim Wettersegen, der nicht lateinisch, sondern deutsch gesungen wurde. Da achteten die Wallfahrer darauf, daß der Pfarrer vor lauter Frömmigkeit nicht um die falsche Witterung betete. Es reichte nicht, daß man einfach „Oh, mein Christ, laß Gott nur walten" sang. Je nach Bedarf und Notwendigkeit mußte man um Sonnenschein oder Regen oder weiter anhaltende günstige Witterung bitten. Denn einmal waren einige Bauern erbost zum Kirchenpfleger gekommen, weil der Pfarrer um Fortdauer des schönen Wetters gebetet hatte, da er gar nicht gemerkt hatte, daß das Heu auf den Wiesen verfaulte und es schon seit Wochen regnete. Aber natürlich, der hockte im Trockenen über seinen Büchern und merkte gar nicht, wie man sich auf den Feldern plagte. Und der Wettersegen tat bestimmt seine Wirkung. Daran war gar nicht zu zweifeln, denn er wurde ja nicht mit irgendeinem x-beliebigen Kruzifix gespendet, sondern mit einem, das einen echten Splitter des von der heiligen Helena wiedergefundenen Kreuzes Christi enthielt – und nicht den kleinsten, wie der Pfarrer versicherte. Auch wenn man bedachte, daß das Kreuz so groß und schwer gewesen sein mußte, daß Jesus dreimal darunter zusammengebrochen war und er es sich schließlich auch noch von Simon von Kyrene hatte tragen lassen müssen, so war das doch eine besonders kostbare Reliquie, deren Bedeutung man nicht an dem etwas kläglichen Bimmeln der Kapellenglöckchen messen durfte.

Der Kapellenberg war so schön, daß der alte Boierle sogar ein Gedicht auf ihn gemacht hatte, das er dann zu Ehren der Muttergottes auf eigene Kosten drucken ließ. Er hatte es einem durchreisenden Pater gezeigt, der es ganz interessant fand. Weniger Glück hat er bei dem Lehrer Kistenfeger von Edelbeuren gehabt. Der hatte beanstandet, daß es diesem Gedicht an Rhythmus fehle. Ja, merkte denn dieser Dackel, dieser blöde, nicht, daß das Gedicht voll schöner Reime war? Wozu brauchte es dann auch noch Rhythmus? Und der Pater hatte ihn gelobt, weil er immer wieder von der „Mutter aller Gnaden“ gesprochen hatte. Der Lehrer von Edelbeuren, das war doch sonnenklar, war einfach eifersüchtig auf den Kapellenberg gewesen, weil er in seinem Nest nichts zum Andichten hatte.

Es war schon verständlich, daß man uns Erolzheimer überall um den Kapellenberg beneidete. Ob man von unten zu ihm hinaufsah oder von oben auf das weite Illertal und die fernen Berge schaute, etwas Schöneres konnte man sich kaum vorstellen. Da brauchte man sich gar nicht zu wundern, als eines Tags ein junger Kunstmaler mit einem dünnen Schnurrbärtchen, langem schwarzen Haar und schwermütig dreinblickenden samtschwarzen Augen seine Staffelei am Waldrand unter der Kapelle aufstellte und an einem Bild zu arbeiten anfing. Einige schauten ihm dabei zu und sahen, wie es von Tag zu Tag schöner wurde. Aber als der Fremde das fertige Bild wenigstens an einen der vielen Erolzheimer verkaufen wollte, meinten alle, denen er es anbot, die fünfzig Mark, die er verlange, seien, bei allem Respekt für seine Leistung, ein schöner Batzen Geld. Bevor man ihn ausgebe, müsse man noch einmal eine Nacht drüber schlafen. Als der Kunstmaler auch zu meinem Vater kam, wollte er nur noch vierzig Mark für das Bild und rechnete ihm vor, was er für die Leinwand, die Farben und den Rahmen schon alles für Auslagen gehabt hatte. Da der Ulmer Onkel, der auch oft auf den Kapellenberg pilgerte, damals gerade sechzig Jahre alt wurde, und schließlich nur noch von 35 Mark die Rede war, kaufte mein Vater das Bild.

Ein paar Wochen später kam der Maler wieder zu meinem Vater in die Werkstatt. Sein Schnurrbart war noch dünner, seine Haare waren noch länger und seine schwarzsamtenen Augen waren noch schwermütiger geworden. Er bot meinem Vater noch einmal ein Bild des Kapellenbergs an, das dem ersten recht ähnlich war. Er wollte nur zehn Mark dafür, damit er wenigstens den Rahmen bezahlen könne. Mein Vater kaufte ihm auch dieses Bild ab und schenkte es bald darauf Tante Frida.

Ich wußte zwar schon lange, daß Dichter oft zuerst verhungern mußten, bevor sie berühmt wurden. Jetzt hatte ich auch mit eigenen Augen gesehen, daß es für die Maler noch leichter war zu verhungern, weil sie nicht nur Papier und Stifte, sondern auch Leinwand, Farben und Rahmen brauchten.

Früher hatte man viel besser gesehen, was Maria oben auf dem Berg für Wunder wirkte: da hingen an den Wänden noch Votivtafeln, gebrochene Glieder, kranke Herzen und Nieren, die an geheilte Gebresten und Leiden erinnerten. Aber dann hatte ein Pfarrer, der modern sein wollte, oder vielleicht auch, weil es ihm der Bischof so befohlen hatte, alles abhängen lassen. Einige Jahre danach wurde eines gar nicht schönen Tags das Gnadenbild gestohlen. Das brauchte einen doch gar nicht zu wundern!

Vielleicht hatte sogar die Muttergottes selber den frechen Dieb geschickt, damit die Leute endlich merkten, wie sehr man sie damals gekränkt hatte, als man ihr all die schönen Bilder mit den gebrochenen Gliedern und den kranken Herzen und Nieren weggenommen hatte. Die hatten doch auch noch dem Verstocktesten und Dümmsten gezeigt, daß die Wallfahrer, die Rosenkränze betend zu ihr nach Erolzheim gepilgert und mit Blasen an den Füßen mit einem besonderen Anliegen zu ihr den Berg hinaufgekeucht waren, den weiten Weg nicht umsonst auf sich genommen hatten.

Man merkte es sofort, wenn man in die Kapelle kam, daß die Gottesmutter nirgendwo näher war als bei uns auf dem Berg. Wegen der großen Linde, deren breite Äste auf das Dach herunterhingen, war es in der Kapelle immer feucht und dunkel, sogar dann, wenn draußen die Sonne schien. Über die vielen Marienbilder und Marienstatuen flackerten die unruhigen Schatten, welche die Krone ihrer Himmelspracht und die sieben Schwerter in ihrem Mutterherzen warfen, wenn die gestifteten Kerzen brannten. Auf die Decke der Kapelle waren die Apostel gemalt, die vor dem offenen Grab Marias standen. Sie war gar nicht mehr darin. Statt dessen blühten Lilien aus der Grube. Aber die Apostel wußten, wohin Maria verschwunden war. Sie schauten gar nicht auf das Grab und auf die Lilien, sondern schräg hinauf in den Himmel, in den sie als einzige unter allen Menschen gleich nach ihrem Tod mit ihrem verklärten Leib aufgenommen worden war, so daß sie nicht wie die anderen bis zum Jüngsten Tag mit der Aufnahme in den Himmel zu warten brauchte.

Hinten an der Kapellenwand hingen Bilder von den Sieben Schmerzen Mariens. Auf dem ersten weissagte Simeon bei der Beschneidung Jesu, daß seine Mutter später von einem Schwert der Schmerzen durchbohrt werde, dann sah man die Heilige Familie auf der Flucht nach Ägypten. Ich wunderte mich ein wenig über den zwölfjährigen Jesus, der ganz ruhig zwischen den Schriftgelehrten saß und mit ihnen disputierte, obwohl er, der doch alles sah, genau wußte, daß ihn Maria und Josef überall suchten. Kreuztragung, Kreuzigung, Kreuzabnahme und Grablegung gefielen mir besonders wegen der schwarzhaarigen Maria Magdalena, die früher eine große Sünderin gewesen war, was man ihr zum Glück immer noch ein bißchen ansah.

An unsere alte Kapelle war noch eine neuere angebaut, in der frühere Schloßherren begraben waren. Manche von ihnen waren sogar evangelisch gewesen. Ich betete selten zu der großen marmornen Madonna, die mitten in dieser neuen Kapelle stand, denn man wußte doch nicht so richtig, ob das auch wirklich die Muttergottes war oder doch nicht eher die früh verstorbene Frau des Freiherrn, der auf dem weißen Marmor ihre schon fast nicht mehr menschlichen Tugenden rühmte und von einem Bildhauer hatte einmeißeln lassen. Wohler war es mir in unserer Kapelle. Muff und Mief zeigten, daß sie echt und zuverlässig katholisch war. Und wenn ich „Meerstern, ich dich grüße“ oder „Maria zu lieben“ sang, versuchte ich, nicht zu der blonden Heddie aus dem Rheinland hinzuschauen, damit ich mich nicht an Maria versündigte.

Auch unten in der Dorfkirche wurde Maria im Mai mit besonderen Andachten verehrt. Ihre Statue stand mitten in einem Kranz blauer Lichtlein und über den von den Schwestern zu ihren Füßen aufgestellten Blumen. Einige junge Birken rahmten das Ganze ein. Die bläuliche und schlanke Marienstatue bestand vor allem aus Gewand, hinter dem es eigentlich gar keinen Körper gab. Selbst der Teufel, der nimmermüde Verführer, konnte einen kaum zu unkeuschen Gedanken verleiten, wenn man zu ihren Ehren „Es blüht der Blumen eine“ sang.

Das bewerkstelligte er anders. Das Weib als sündige Verlockung erschien mir in der im Nachbarhaus bei Fräulein Anna wohnenden Lehrerin Fräulein Wadel. Sie war eher klein, hatte aber runde Arme und einen unübersehbaren Busen. Über den Gartenzaun grüßte sie meine Mutter stets mit einem freundlichen „Guten Morgen" oder einem christlichen „Grüß Gott", sobald sie aber auf der Straße war, streckte sie bei allen, die ihr begegneten, den Arm zu einem strammen „Heil Hitler" aus. Nicht ungern sammelte sie auch außerhalb der Schulzeit besonders auserwählte Kinder um sich. Im Frühling führte sie uns in den Wald und sang mit uns unter den Bäumen „Der Mai ist gekommen" oder „Es tönen die Lieder". Bei diesem Lied war die Rede von einem Hirten, der auf seiner Schalmei blies. So einen Hirten hatte ich noch nie gesehen, obwohl ich jeden Herbst mit den Buben vom Dorf zum Hüten ging. Mir gefiel es, wenn die Lehrerin mit uns im luftigen Sommerkleid, hinter dem ihr Busen wogte, „Tralalalalalalala" sang. Aber wenn wir uns am Morgen danach in der Schule wieder trafen, war sie oft ganz anders. Da holte sie vielleicht plötzlich den Stock hervor. Sie begnügte sich nicht wie ihr Vorgesetzter und Kollege Oberlehrer Thuma mit einer Haselnußrute. Sie benutzte stets ein Meerrohr. Mir passierte schon wegen des gutnachbarlichen Verhältnisses zu meinen Eltern nie etwas Schlimmes. Nur selten und mit gemäßigter Wucht fuhr der Rohrstock auf meine Rechte. Die Tatze war eine Strafe, wie sie Kindern aus gutem Hause noch zuzumuten war. Selbst der Sohn und die Tochter des Bürgermeisters und des Tierarztes mußten gelegentlich aus der Bank und sich vor dem Pult aufstellen, um ihre Strafe für kleine Unarten während des Unterrichts entgegenzunehmen. Jeder wurde vor der Exekution daran erinnert, was ein deutscher Junge und ein deutsches Mädchen sich selbst und dem Volk, dem anzugehören sie die Ehre hätten, schuldig seien. Wenn einer von uns Buben die Hand im entscheidenden Augenblick zurückzog, hatte er die einem deutschen Jungen zustehenden Vergünstigungen allerdings verwirkt. Dann mußte er sich zu Schmählicherem hergeben. Er mußte sich über die Schulbank unter dem Pult legen, um die Züchtigung auf dem Hintern entgegenzunehmen, da er nicht Manns genug gewesen war, seine Hand mit der nötigen Unerschrockenheit auszustrecken. Mochte der für schuldig Befundene auf der Bank auch noch so sehr hin- und herrutschen, plärren und schreien oder gar mit den Beinen um sich schlagen, die Lehrerin wurde mit ihm fertig, wie sie auch mit Gottfried fertig wurde, der mit Steinen nach mir geworfen hatte. Buben, die mit Steinen warfen, wurden mit Hosenspannern bestraft. Ich wußte es. Vielleicht hatte ich deshalb Gottfried bei der Lehrerin angezeigt. Denn jedesmal, wenn sie Hosenspanner austeilte, verspürte ich eine merkwürdige und trübe Lust. In der Regel handelte es sich bei der Lehrerin nicht um unkontrollierte und plötzliche Wutausbrüche, sondern um kleine Gerichtsverhandlungen, deren Ausgang allerdings abzusehen war. Auch Gottfried wurde nicht unverhört bestraft. Ich wurde ihm gegenübergestellt. Er leugnete. Darauf hatte die Lehrerin gewartet. Nun hatte Gottfried alles Recht auf Nachsicht verwirkt. Er mußte über die Bank. Er versuchte zwar mehrfach, sich aufzubäumen, wurde aber mit strammer Hand niedergedrückt und festgehalten. Mit keuchender, aber auffällig rhythmischer Stimme fragte die Strafende: „Gottfried, spürst was? Gottfried, spürst was? Gottfried, spürst was?“ Während Gottfried brüllte, wußte ich plötzlich, was Sünde war. Ich fragte mich, wie ich so etwas beichten sollte, war ratlos und verzweifelte daran, ob sich Maria in Zukunft noch als Fürsprecherin für mich verwenden würde und ob ich auch wirklich noch für den Himmel auserkoren war. Vielleicht hatte ich meinen Vorsprung verspielt, den ich zweifellos schon dadurch hatte, daß ich Hans hieß.

Denn ein wichtiger Schritt war schon damit getan, daß man den richtigen Namen und Patron hatte. Ich hätte nicht Josef heißen mögen wie so viele im Dorf und wie auch mein großer Bruder. Sein Heiliger wurde zwar mit einem schulfreien Tag gefeiert, aber das war ja auch schon fast alles. Man rief ihn zwar in der ihm gewidmeten Litanei an mit „Keuschester Josef", „Gehorsamster Josef" und „Getreuester Josef", aber es gab doch fast nichts Interessantes über ihn zu erzählen. Er war zwar bei Christi Geburt dabei gewesen, aber man konnte deutlich sehen, wie ratlos und überfordert er hinter der Krippe stand. Wenn ich an alle meine Heiligen mit Namen Johann und Johannes dachte – da konnte mein Bruder Josef doch nicht im Ernst mithalten. Mir konnte man nichts vormachen, weil ich schon in den ersten Schuljahren fleißig in der Legendensammlung von Alban Stolz gelesen hatte. Sie war das dickste Buch im ganzen Haus. Da kamen zwar auch einige langweilige Bekenner vor, von denen es nicht viel zu erzählen gab, was mich beeindrucken konnte. Bald hatte ich aber mit meinem Bruder herausbekommen, daß in den ersten christlichen Jahrhunderten fast alle Heiligen eines blutigen Todes gestorben waren. Sie ließen sich unerschrocken enthaupten, rädern, rösten, sieden, kreuzigen, schinden und in Stücke reißen. Man konnte sie untereinander nicht leicht verwechseln, denn jeder Heilige hatte seine besondere Marter zu bestehen. Der Heilige Vitus wurde zum Beispiel nicht einfach in kochendes Wasser gestellt, sondern in siedendem Öl gesotten; der Heilige Petrus wurde nicht einfach gekreuzigt, sondern auf eigenen Wunsch, weil er sich nicht für würdig hielt, wie Christus zu sterben, kopfüber gekreuzigt. Etwas enttäuscht waren wir über den Heiligen Paulus, weil er nur enthauptet wurde. Das ging uns ein wenig zu schnell.

Am spannendsten war der Märtyrertod christlicher Jungfrauen. Da gab es meistens einen bösen Tyrannen, der einem vornehmen Mädchen zunächst gut und hinterhältig zuredete, sie solle doch den Heidengöttern nur ein kleines Opfer darbringen, dann werde er sie vielleicht sogar heiraten. Wir wußten, daß sich eine Christin nicht mit Eheversprechen, mit Geld und Kronen ihren Glauben abspenstig machen läßt. Der Tyrann hingegen wollte das nicht glauben, und nun fing er an, sie zu quälen. Aber Märtyrerinnen ist nicht dadurch beizukommen, indem man in dem lilienreinen Fleisch unerschrockener Jungfrauen herumwühlt und ihre zarten Glieder zerbrechen läßt. Das wußten wir.

Ich hatte ein besonderes Glück, daß mein Namenspatron Johann Nepomuk ein Märtyrer war, obwohl er erst vor fünfhundert Jahren gelebt hatte. Am Vorabend zu seinem Fest machten wir eine Wallfahrt zu dem nach ihm benannten Johanneshäuschen. Da es keinen Fluß oder Bach im Dorf gab, hatten es die frommen Stifter auf der Wasserscheide zwischen Roth und Iller bauen lassen. Schöner wäre es gewesen, wenn das Johanneshäuschen an einem Wasser gewesen wäre, denn der böse König Wenzel hatte den Heiligen in die Moldau werfen lassen, als ihm dieser nicht verraten wollte, was die Frau Königin gebeichtet hatte. Es war ein schönes Beispiel für die Standhaftigkeit eines Priesters. Ihm mußte ich nacheifern, wenn ich selbst Pfarrer werden wollte. Weil Johannes Nepomuk so tapfer geschwiegen hatte, war seine Zunge auch noch nach vielen Jahrhunderten ganz unverwest, und als der Heilige von der Strömung moldauabwärts getrieben wurde, sah man viele Lichtlein über dem Wasser. Wir sangen ein Lied, in dem das Wunder erzählt wurde, und lobten den Heiligen Johann, den Schäfermann im Böhmerland, der ein so guter Seelenhirte gewesen war. Wenn die Nacht lau war und sich zur Andacht ein paar gute Sänger eingefunden hatten, waren uns die im Lied aus den Wolken singenden Englein fast ebenso nahe wie die überall brummend herumfliegenden Maikäfer.

Am nächsten Morgen, wenn die Maikäfer noch unter den Blättern schliefen, fingen wir sie. Vorbei war dann die Fürsorge, die wir Ende April den ersten Exemplaren zugewandt hatten, wenn wir sie beim Umgraben des Gartens entdeckten. Die ersten Maikäfer wurden noch behutsam auf die Hand gelegt und angehaucht, damit sie langsam aufwachten, sich aufpumpten und schließlich in die Höhe flogen. Jetzt aber fielen ganze Schwärme über das junge Laub her. Solange sie noch von der Nachtkühle starr waren, schüttelten wir sie von den Zweigen, sammelten sie auf und schoben sie durch die mit Stöpseln verschließbaren Öffnungen unserer mitgebrachten Schuhschachteln. Zu Dutzenden wurden sie auf engem Raum zusammengedrängt. Dort krabbelten sie übereinander. Wir guckten trotz des ätzenden Gestanks ihrer grünen Scheiße durch die Löcher in das wüste Durcheinander ihrer raschelnden Beine.

Manchmal rückten ganze Schulklassen zum Sammeln aus. Man stopfte die Maikäfer in Säcke und kochte sie dann in siedendem Wasser. Dieses Massensterben gefiel mir nicht. Ich wollte selber über Leben und Tod der einzelnen Käfer entscheiden. Das konnte man, indem man den Stöpsel von der Schachtel nahm und wartete, bis sich einer ins Freie drängte. Niemand verwehrte mir den Spaß. Maikäfer waren gut als Hühnerfutter. Leute mit Geflügel hatten nichts dagegen, wenn ich auf ihrem Hof stand und die Käfer in hohem Bogen den Hühnern zuwarf. Fielen sie auf den Rücken, waren sie sicher verloren. Aber manchmal gelang es dem einen oder anderen noch, auf und davon zu fliegen, wenn ihn im schwerfälligen Abflug nicht doch noch ein herbeieilender Schnabel schnappte und zerhackte. Bis mir die Geschichte zu langweilig wurde und ich den ganzen Inhalt der Schachtel auf den Boden stülpte.

Vor Christi Himmelfahrt gab es besondere Flurprozessionen. Sie gingen über Wiesen und Felder bis in die Dörfer der Umgebung: nach Bonlanden, nach Kirchdorf, nach Dettingen. Am schönsten war es freilich, wenn wir aus dem Dorf hinauszogen, die Luft noch frisch und der Tag noch jung war, die Lerchen tirilierend in den blauen Himmel hinaufflogen und alle Wallfahrer noch ausgeruht und guter Dinge waren. Doch schon nach der ersten halben Stunde büßten die endlosen „Gegrüßest seist Du, Maria" viel von ihrer anfänglichen Lautstärke ein, und niemand wußte mehr so richtig, was für ein Rosenkranzgesetzlein gerade dran war, bis irgendein verantwortungsbewußter Beter mit einer alle Zweifel ausräumenden festen Entschlossenheit und unüberhörbaren Stimme die Erschlaffenden aufrüttelte oder der Pfarrer ein Marienlied anstimmte. Das half den müden Wallfahrern aber auch nicht so recht wieder auf die Beine. Mit „Meerstern, ich dich grüße, oh, Maria, hilf" oder „Maria zu lieben ist allzeit mein Sinn" war es schwierig, richtig Tritt zu fassen. Die Pimpfe von der Hitlerjugend, bei denen ich noch nicht mitzumachen brauchte, und die mit „Im Gleichschritt, marsch!" und „Links, zwei, drei, ein Lied!" von einem Gleichaltrigen herumkommandiert wurden und „Die blauen Dragoner, sie reiten mit klingendem Spiel durch das Tor" singend zackig und schneidig in ihren Uniformen durchs Dorf zogen, bevor sie zu ihren Geländeübungen im Wald verschwanden, das mußte man einfach zugeben, kamen wesentlich schneller und leichter voran, als wir bei unserer Flurprozession mit unserem oft auch noch falsch gesungenen und immer wieder in die Länge gezogenen süßlichen Singsang, der sich wie der fromme Duft aus dem Weihrauchfaß des dem Pfarrer voranschreitenden Ministranten in der unendlichen Weite der sich vor uns erstreckenden Felder und des sich über uns wölbenden Himmels verlor. Nach dem Gottesdienst in der fremden Kirche kam dann noch der mühsame Rückweg. Inzwischen war es heiß und schwül geworden, und nun flogen Bremsen und Fliegen hinter den Schwitzenden und Keuchenden her. Die Frauen kratzten sich unter den Achselhöhlen. Die Männer fuhren sich mit großen Schnupftüchern zwischen Hals und Kragen und über die Glatze. Die Schuhe drückten auf die Hühneraugen, und die eine und der andere fingen an zu hinken oder zu humpeln. Auch Frömmigkeit verbrauchte sich, und am Ende waren wir froh, wenn wir wieder daheim waren und alles überstanden hatten.

Manchmal ging der Pfarrer schon in aller Herrgottsfrühe barfuß über die Wiese auf halber Höhe des Kapellenbergs und betete sein Brevier. Barfuß ging er deshalb, weil er kneippte. Mir war das rundliche Gesicht des Pfarrers Sebastian Kneipp, „der uns den Kathreiner gab", von den mit Malzkaffee gefüllten Packungen her durchaus ein Begriff. Da Sebastian Kneipp, wie der Pfarrer bei seinen gelegentlichen Hausbesuchen wiederholt erzählte, die Heilkraft des Wassers gerühmt und gegen alle möglichen gesundheitsschädigenden Arzneien gekämpft hatte, setzte sich in mir die Überzeugung fest, Kaffee mahlen sei etwas Religiöses und unsere alte Kaffeemühle sei eine Gebetsmühle.

Für mich war die Erscheinung des barfuß auf der Wiese auf- und abschreitenden Pfarrers der Inbegriff frommer Sammlung. Ungehörig fand ich es daher, wenn die Buben der Nachbarn sich lachend fragten, ob der Studierte mit seinen nackten Füßen wohl nie in einen Kuhfladen trete und dabei ausrutsche und dann beim Brevierbeten durcheinanderkomme. Das war dummes Geschwätz, an dem ich mich nicht beteiligen durfte. Und in der Schule stellten sie dem Pfarrer manchmal Fragen, auf die er keine rechte Antwort geben wollte: Was denn die Unbefleckte Empfängnis überhaupt sei, und wie es denn möglich sei, daß die Jungfrau Maria Jesus zu Elisabeth getragen habe, bevor er von ihr geboren worden sei. Ob vielleicht die Reihenfolge der Gesetzlein des Freudenreichen Rosenkranzes nicht ganz richtig sei? Ich merkte schon, daß die Frager den Pfarrer hereinlegen wollten. Das kam auch davon, weil jetzt mit der Hitlerei wieder eine Zeit der Christenverfolgung gekommen war. Natürlich hatten dabei die Pfarrer am meisten auszustehen und manches zu erdulden, und wenn ich auch ein Geistlicher werden wollte, dann mußte ich gleichzeitig bereit sein, ein Märtyrer zu werden.

Ich war froh, daß die Fronleichnamsprozession im Gegensatz zu den mühsamen Flurprozessionen nur durch das Dorf zog. Schon Tage vorher fingen die Vorbereitungen an. Die Frauen mußten beizeiten neue Kleider und Hüte anschaffen. Wer neue Sommerschuhe haben wollte, der kaufte sie jetzt. Für meine Eltern war es die letzte Hoffnung, ihre kleinen Modebestände davor zu bewahren, daß sie zu Ladenhütern verkamen. Schlimm war nur, daß die Schuhe zwar schön aussahen, aber dann oft die Größe nicht paßte. Manchmal staunte ich, wie Kundinnen ihren dicken und geschwollenen Fuß in einen engen Pumps zwängten und dabei lachten, obwohl dieser, wie man leicht sehen konnte, entsetzlich drücken mußte, und sagten, das mache nichts, Schönheit müsse leiden.

Besonders wichtig bei der Fronleichnamsprozession war die Frage, wer wohl den Himmel, unter dem der Pfarrer mit der goldenen Monstranz ging, tragen würde. Man brauchte ihn bei dem Gewicht, das sie hatte, nicht darum zu beneiden. Wenn er die glänzende und strahlende Last wieder zu einem der vier Altäre geschleppt hatte, hatte er kaum Zeit, einen Augenblick zu verschnaufen, weil er gleich wieder singen mußte.

Aber was war schon das Gewicht der Monstranz gemessen an den Nöten, mit welchen die vier Himmelträger zu kämpfen hatten? Ein Glück wäre es für den einen oder anderen gewesen, sich rechtzeitig den Fuß zu verstauchen oder mit Hexenschuß ins Bett legen zu müssen, weil es die Spitzel von der Partei ungerne sahen, wenn einer bei der Fronleichnamsprozession eine so wichtige Rolle hatte, wie sie der Himmelträger darstellte. Manche, die in braunen Uniformen zu den Versammlungen marschierten, gingen zwar am Sonntag noch zur Kirche, aber es hätte doch gar zu komisch ausgesehen, wenn sie bei der Fronleichnamsprozession mitgegangen wären. Da mußte der Pfarrer schon Verständnis haben. Am liebsten wäre es ihnen gewesen, es hätte die Fronleichnamsprozession gar nicht mehr gegeben, dann hätten sie nicht diesen furchtbaren Kampf mit sich auskämpfen müssen. Diejenigen, die trotz der schlimmen Zeiten den Himmel trugen, hatten Gesichter, denen man noch ansah, wie schlecht sie die letzten Nächte geschlafen hatten. Oder war es nur aufgedunsene Wichtigtuerei, wenn sie mit todernsten Mienen bei Orgelklang durch das Mittelschiff der Kirche ins Freie zogen?

Draußen waren die Straßen geschmückt. Der Weg, durch den die Prozession zog, war mit jungen Birken gesäumt und mit frischem Gras bedeckt, auf das kleine Mädchen in hellen Kleidern Blumen streuten. Die wenigen Anwohner, die all das nur für religiösen Hokuspokus hielten, taten gut daran, es nicht allzu deutlich merken zu lassen. Man wußte doch nie, ob nicht wieder einmal andere Zeiten kamen. Aber daß sie keine christliche Gesinnung hatten, das sah man daran, daß sie sich damit begnügten, durch fehlenden oder kargen Hausschmuck zu zeigen, daß ihnen die Prozession gleichgültig war. Noch ein wenig Geduld, und die Partei würde mit dem Unfug sowieso ganz aufräumen. Hinter vorgehaltener Hand und mit gedämpfter Stimme wurde erzählt, daß in den großen Städten nur noch mutige Männer und Frauen an der Prozession teilnahmen, weil man wußte, daß ihre Namen von Aufpassern aufgeschrieben wurden und dann auf die schwarze Liste kamen. So arg war es bei uns auf dem Dorf noch nicht. Aber daß der und die nicht dabei gewesen waren, das zeigte genau, daß es die Regierenden und Kommandierenden ungern gesehen hätten, wenn sie bei der Fronleichnamsprozession mitgegangen wären.

Doch das wurde alles erst später erzählt. Während die sonntäglich Geschmückten laut mit „Jetzt und in der Stunde unseres Todes, Amen“ durch die Straßen zogen, hatten sie nicht das Gefühl, eine Minderheit zu sein. Fast überall hingen an den Häusern, an denen die Prozession vorbeizog, bunte Bilder, standen auf den Fenstersimsen zwischen brennenden Kerzen Herz-Jesu- und Herz-Mariae-Statuen und Kruzifixe in allen möglichen Ausführungen. Besonders die Bilder sorgten für eine feierliche Stimmung. Neben der Heiligen Familie, die es in mehrfacher Ausführung gab, war auch ein sanftmütiger guter Hirte zu sehen, der ein verirrtes und wiedergefundenes Lamm auf seinen Knien streichelte. Eine Herde fromm blökender Schafe drängte sich dabei um ihn. An einem anderen Fenster hing ein Gemälde mit einem blutschwitzenden Christus am Ölberg. Die fahle Nacht wurde dabei von einem trostlosen Mond erhellt. Nur wenige Schritte neben dem Heiland lagen seine schlafenden Jünger. Besonders bewundern konnte man zahllose Schutzengel, die ihre Arme und Hände segnend über ein ahnungslos an schroffem Abgrund oder ein an einem wild schäumenden Bach spielendes lockiges Kind hielten, in dessen nächster Nähe außerdem oft auch noch eine giftgrüne Schlange züngelte. Es waren lauter Bilder, die als Hochzeitsgeschenke mit der Aussteuer ins Haus gekommen waren, sonst über den Ehebetten oder in der guten Stube hingen und jedem zeigten, daß man ein christliches Leben führte.

Aber die Fronleichnamsprozession war nicht bloß etwas fürs Auge. Auch das Ohr kam nicht zu kurz. Dafür sorgte die Blechmusik mit ihren Messinginstrumenten, die bei Sonnenschein golden aufblitzten und einen himmlischen Lärm machten. Den Bläsern quollen vor Anstrengung die Augen aus den Höhlen. Viermal spendete der Pfarrer von verschiedenen Altären aus mit der Monstranz den Segen. Das waren die vier spannendsten Augenblicke. Wir wußten, daß oben auf dem Kapellenberg auf halber Höhe der alte Zeiler stand, der schon früh am Morgen das ganze Dorf mit lauten Böllerschüssen geweckt hatte. Jetzt lauerte er darauf, daß er beim Segen den richtigen Augenblick nicht überstürzte oder verpaßte. Er hatte längst alles vorbereitet und brauchte nur noch mit seinem an einem langen Stil befestigten Hämmerchen auf die Böllerzündungen zu schlagen, dann knallte es. Dreimal schoß er bei jedem Segen, den man über der Erwartung der Explosionen fast vergessen hätte. Einige Beter bückten sich, sobald der Pfarrer singend den Segen spendete. Manche ließen es sich nicht nehmen, trotz ihrer Feiertagskleidung mitten auf die Straße zu knien. Andere machten sich wenigstens krumm und klein. Alle klopften heftig an die Brust. Wenn sich dann mit Glöckchengeklingel, Rauchfaßschwenken, Böllerschüssen und Geläute die Hochspannung religiöser Inbrunst entladen hatte, richteten sich die Knienden wieder auf, indem sie mißbilligende Blicke auf die Halbherzigen warfen, die geglaubt hatten, es reiche bereits, wenn man sich katzbuckelnd an der Brust zu schaffen machte.

Dann zog die Prozession mit feierlicher Blasmusik und unverdrossenem „Heilige Maria, Mutter Gottes, bitte für uns Sünder", langsam weiter. Nicht alle, die bei Beginn der Prozession dabei gewesen waren, standen sie auch bis zum Ende durch. Längst bevor der vierte Altar erreicht war, wurde von dem einen oder anderen über Durst geklagt. Die Reihen wurden lichter, die Wirtshäuser füllten sich. Es reichte, wenn der Pfarrer, die Ministranten und Himmelträger, Weiber und Kinder bis ans Ende aushielten. Ohnehin waren auch die Wirtshäuser geschmückt und sahen von außen fast so festlich aus wie die Kirche. Da konnte man sich wohl mit gutem Gewissen in ihnen niederlassen, solange noch Platz war.

Mit Fronleichnam waren die Frühlingsfeste zu Ende. Nun mußten sich die Bauern der Feldarbeit zuwenden. Jetzt konnten sie endlich wieder schimpfen und fluchen, wie es sich gehörte, bevor sie vor lauter „Der Herr sei mit euch" „Und mit deinem Geiste" noch einen Kropf kriegten. Andachten, Wallfahrten und Prozessionen schrumpften nun wieder zu dem kleinen, aber entschlossenen Häuflein zusammen, das jeden Freitag auf den Kapellenberg keuchte. Mir war es recht, denn vor lauter böllerschießenden, Trompeten blasenden und Rauchfaß schwenkenden Erwachsenen war ich zu einem leicht übersehbaren, in die Bedeutungslosigkeit abgedrängten kleinen Ministranten geworden.

VI. Der Geldteufel

Jedes Mal, wenn ein Auto auf dem Wendelinusweg an der Böschung unter unserem Haus hielt, sah ich nach, ob es nicht das des Schuhgroßhändlers Sigmund Lichtnauer war. Der kam bis aus Augsburg und grüßte noch von der Treppe aus meinen Vater, der den Schuh, den er gerade in Arbeit hatte, sofort auf die Werkbank legte, aufstand und dem Kommenden bis zur Ladentür entgegenging. Während die anderen Vertreter der Schuhfabriken und Großhändler möglichst schnell ihre Ware anpreisen wollten, sah es hingegen bei Sigmund Lichtnauer zumeist fast so aus, als hätte er die weite Reise von Augsburg nach Erolzheim nur deshalb unternommen, um sich persönlich davon zu überzeugen, ob wir alle wohlauf seien, und vor allem auch, ob ich wieder Fortschritte gemacht hatte. Was immer ich auf seine Fragen antwortete, er versäumte es nie, das hastig Hervorgestoßene als Beweis außergewöhnlicher geistiger Regsamkeit zu bewundern. Und nie vergaß er, mit den Fingern seiner mit einem Siegelring geschmückten Rechten schließlich in die Westentasche zu greifen und mir beiläufig eine Mark zu überreichen. Erst jetzt fragte er meine Eltern, ob er seine Musterkoffer mit der Herbst- oder Frühjahrskollektion aus dem Wagen holen solle. Natürlich sollte er. Nicht nur weil er mir eine Mark geschenkt hatte, sondern auch, weil seine Schuhe feineren Ansprüchen entgegenkamen als die der Tuttlinger Vertreter. Die hatten zwar solides Schuhwerk, das die Bauern, ihre Frauen und Kinder, ihre Knechte und Mägde im Stall, auf den Misthaufen und auf den Feldern trugen, es fehlte ihnen aber das gewisse Etwas, das Sigmund Lichtnauer ins rechte Licht rückte, wenn er mit seiner rundlichen Hand das eine oder andere Modell aus seinem Musterkoffer herausgeholt hatte. Mein Vater machte sich zwar nach der Abreise des von mir möglichst bald wieder Erwarteten Sorgen, er könne zu viele Schuhe bestellt haben, aber meine Mutter beruhigte ihn. Die und jene werde sicher zur Fronleichnamsprozession ein neues Paar kaufen, mit dem alten, das habe sie am Sonntag in der Kirche gesehen, als sie vor ihr kniete, sei kein großer Staat mehr zu machen.

Schon am Tag nach Sigmund Lichtnauers Besuchen brachte ich die mir geschenkte Mark zur Sparkasse. Und damit auch alle sehen konnten, daß ich in eigener Sache und nicht wie gewöhnlich im Auftrag meines Vaters dort zu tun hatte, fuhr ich zuerst in Gesellschaft meines Freundes Willi und meines Vetters Georg mit meinem Leiterwägelchen zum Komposthaufen am Friedhof, zog dort halbverwelkte Blumen aus den weggeworfenen Kränzen und Bouquets, wand sie mit Tannenzweigen um die Sprossen, band dann die beiden Freunde mit Stricken und Schnüren an die Deichsel, setzte mich ins Gefährt und ließ mich von ihnen mit lautem Hott und Hüh durch die Biberacherstraße und über den Marktplatz bis zur Sparkasse fahren, wo mich die Herren Wieland und Noe lächelnd und freundlich empfingen und beglückwünschten, weil ich schon wieder um eine Mark reicher geworden war. Draußen schnaubten und stampften Willi und Georg ungeduldig in ihren Geschirren, und auf alle von den Passanten an sie gerichteten Fragen antworteten sie nur mit einem hellen Wiehern. Sobald ich wieder auf- und eingestiegen war, galoppierten sie, ohne mein Hott und Hüh auch nur abzuwarten, wieder über den Marktplatz zur Biberacherstraße und zum Wendelinusweg, wo ich meiner Mutter so schnell wie möglich mein Sparbuch aushändigte, das sie in einer Schublade einschloß, nachdem sie sich versichert hatte, daß die abgelieferte Mark auf der Habenseite auch richtig verbucht worden war.

Eine ganze Mark auf einmal wie bei Sigmund Lichtnauers Besuchen war die Ausnahme. Die Regel waren

Ein-, Zwei-, Fünf- und Zehnpfennigmünzen, die ich erst zur Sparkasse bringen konnte, wenn sie zusammengezählt eine Mark ergaben. Zunächst bewahrte meine Mutter die einzelnen Münzen auf, meinte aber, es wäre wohl besser, wenn ich sie einer Sparbüchse anvertrauen würde, schon um nicht in Versuchung zu kommen, sie wie andere Kinder für Eis und Bonbons auszugeben. Das waren lauter Versuchungen, die für mich eigentlich keine waren, wußte ich doch, daß das Eis, das der Frisör Bauer verkaufte, mir weniger schmeckte als die Kuchen meiner Mutter, daß sich schon mancher vor Schmerzen gekrümmt hatte, wenn er zuviel davon gekostet hatte, und daß die Bonbons vor allem die Zähne kaputt machten und dann am Ende kein Weg an der Zange des Zahnarztes Geyer vorbeiführte, von dem man sich auf dem Schulhof, aber auch in der Werkstatt meines Vaters Schreckliches erzählte.

Ich hatte meine größte Freude an den ersparten Münzen selbst, wenn ich sie, nach ihrem Wert sortiert, aufeinanderlegte oder die kleineren als Blumenblätter um einen Zehner in der Mitte anordnete. Meiner Mutter entging diese, wie sie meinte, übertriebene Liebe zu meinem Ersparten nicht, und sie mahnte mich, doch ja nicht dem Geldteufel zu verfallen. Das sei einer der schlimmsten, der einen nicht mehr loslasse, wenn man sich ihm einmal ausgeliefert habe. Und wenn sie mir früher geraten hatte, das angesammelte Geld nicht zu vergeuden, meinte sie jetzt, ich solle nicht ständig nachzählen, ob es noch vollständig vorhanden sei.

Ich hatte gerade wieder fünfzig Pfennige angespart, da zeigte sie mir eine kunstvoll mit Metall beschlagene, allerdings etwas aus dem Leim gegangene kleine Geldtruhe aus Holz, die mit einem winzigen Schlüsselchen, das sie selber aufbewahrte, auf- und zugesperrt werden konnte. Dort könne ich fortan meine Münzen einwerfen, um sie dann, wenn eine Mark zusammengespart war, wieder zu den Herren Wieland und Noe zu bringen. Als ich meinte, wenn man die Münzen durcheinanderschüttele, könnten sie vielleicht durch einige undichte Stellen wieder herausfallen, verwies sie mich auf ihren Bruder, Onkel Josef, den Schreiner, der ja gleich unter uns im Nachbarhaus seine Werkstatt hatte. Wenn er die undichten Kanten verleimen und sie das Schlüsselchen verstecken würde, dann sei das Geld bestimmt sicher aufgehoben, bis ich es wieder auf der Sparkasse ablieferte. Als der Onkel aber die Spartruhe eines Abends vorbeibrachte und ich nach der Begutachtung der Reparatur ihm mit einem „Vergelt's Gott" dankte, sagte meine Mutter, das reiche vielleicht doch nicht ganz aus, ich müsse schon fragen, was ich denn schuldig sei, da ich ja, Gott sei Dank, nicht wie arme Leute ganz ohne Geld dastünde. Ich stellte die Frage recht zuversichtlich, da ich mir kaum vorstellen konnte, der Onkel, ein naher Verwandter, werde an meinem „Vergelt's Gott" nicht sein Genüge haben. Ein „Vergelt's Gott", das glaubte ich zu wissen, war durch nichts anderes aufzuwiegen, denn ich kannte die Geschichte von dem Metzger, der sich über ein altes Mütterchen lustig gemacht hatte, das den Hartherzigen in ihrer Not in Gottes Namen um ein Stückchen Fleisch gebeten hatte. Da machte sich der Metzger vor allen Leuten im Laden über sie lustig, indem er auf ein Stück Papier „Vergelt's Gott" schrieb und ihr höhnisch zusicherte, er wolle ihr gerne soviel Fleisch geben, wie der Zettel mit ihrem frommen Dank wiege. Aber das Lachen verging ihm, als er sah, daß die Waagschale sich nicht von der Stelle rührte, obwohl er schon viel Fleisch- und Wurstscheiben auf sie gelegt hatte: Es half ihm alles nichts. Das „Vergelt's Gott" des armen Mütterchens wog schwerer, bis er endlich begriffen hatte, daß auch ein ganzer Ochse daran nichts ändern würde. Erst jetzt bat er die Verspottete um Verzeihung, und nun gab sich die Waage endlich zufrieden mit all dem, was er auf die Schale gelegt hatte.

Aber der Onkel, dem meine Mutter wohl erzählt hatte, daß mich seit einiger Zeit der Geldteufel reite, meinte, er wolle in meinem Fall gerne vergessen, daß er die Schreinermeisterprüfung abgelegt und die kostbare, von den Urgroßeltern stammende Spartruhe besonders sorgfältig repariert habe. Sie sei ein Geldschrein von derartiger Schönheit, daß gewiß im ganzen Dorf, aber wahrscheinlich auch landauf landab ein anderer von ähnlichem Wert kaum zu finden sein dürfte. Es könne natürlich keine Rede davon sein, daß er mir als einem nahen Verwandten einen Preis in Rechnung stellen werde, der eine angemessene Bezahlung für seine Kunstschreinerarbeit wäre, daher wolle er nur einen Verwandtschaftspreis von, sagen wir, fünfzig Pfennigen verlangen. Ich glaubte nicht recht gehört zu haben, denn eine halbe Mark war alles, was ich an Bargeld besaß, aber meine Mutter, die ihrem Bruder zuzwinkerte, bestätigte mir die Zahl. Als ich mehrmals schluckte und schließlich in Tränen ausbrach, suchte mich der Onkel zu trösten, indem er sagte, seine Forderung habe er nur zum Spaß gestellt, damit mich der Geldteufel nicht mehr reite. Ich konnte aber keine rechte Freude an seinem Spaß haben. Es dauerte daher mehrere Tage, bis ich Lust bekam, die nun mir gehörende Spartruhe zu betrachten und nachzuprüfen, ob der Onkel die undichten Stellen auch wirklich alle richtig verleimt hatte. Aber der Sparteufel hatte mich schon bald wieder am Kragen. Wie konnte ich möglichst schnell zu möglichst viel Geld kommen? Von den Verwandten war kaum etwas zu erwarten, schon gar nicht von meinem anderen Onkel Josef, der zwar Lehrer war und Geld genug hatte. Aber er redete ständig davon, daß man sich bescheiden müsse. Und er tat es wirklich. Nicht einmal zum Erolzheimer Fest spendierte er etwas für die Lustbarkeiten im Dorf. Manchmal kam er sogar zu Fuß bis von Ulm, mit einem Riesenhunger und einem Mordsdurst, weil er auf dem weiten Weg nie irgendwo eingekehrt war, um etwas zu essen oder zu trinken.

Nur wenn ich die von meinem Vater reparierten Schuhe austrug, konnte ich damit rechnen, daß etwas für meinen Sparschrein abfiel. Bevor ich aber an die zu erwartenden Trinkgelder denken konnte, mußte ich darauf achten, daß der von meiner Mutter auf die Sohle geschriebene Preis für die Arbeit meines Vaters bezahlt wurde, besonders wenn der Briefträger Zweifel wieder einmal mit einer Nachnahme gekommen war und meiner Mutter versprochen hatte, er lasse die Sendung ein paar Tage auf der Post liegen und bringe sie, sobald sie das Geld beieinander habe. Ich wußte, wie wichtig es war, daß Nachnahmen bezahlt wurden. Manche Kunden holten die Schuhe nicht von der Werkstatt ab, weil sie es mit dem Zahlen nicht so eilig hatten wie mit dem Wunsch, ihre alten Schuhe geflickt zu sehen. Wenn sie meiner Mutter zufällig im Dorf begegneten, fragten sie sie, ob ich sie ihnen nicht bringen könne, da sie im Augenblick vor lauter Arbeit im Haus oder auf den Feldern nicht aus noch ein wüßten. Und sie solle mir dann auch sagen, was die Reparatur koste. Aber wenn meine Mutter den Preis auch auf die neue Sohle oder den reparierten Absatz geschrieben hatte, fielen den meisten auf die Frage, was die Schuldigkeit ausmache, sobald ich den Betrag nannte, irgendwelche Ausreden ein. Am liebsten hätten sie mich mit leeren Händen wieder weggeschickt, sobald ich die Schuhe an einem von ihnen bezeichneten Platz abgestellt hatte. Ich solle Vater und Mutter recht schön grüßen, sagten sie, aber sie seien gerade im Stall beschäftigt und heute mit dem Melken viel zu spät dran, sie hätten in den nächsten Tagen sowieso auf dem Friedhof zu tun und kämen dann auf dem Weg dahin bei uns vorbei, um ihre Schulden zu bezahlen. Sie lachten dann auch noch dabei, um zu zeigen, daß es sich wirklich nicht lohnte, wegen einer unbezahlten Schuhreparatur schlaflose Nächte zu verbringen. Das ärgerte mich. Ich durfte es aber nicht zeigen, weil Kunden Könige waren, wie ich von meiner Mutter wußte.

Einmal wollte einer sogar wissen, ob ich auf einen Hundertmarkschein herausgeben könne, das Kleingeld sei ihm ausgegangen. Ich hätte ihm beinahe ins Gesicht gelacht, denn ich wußte genauso gut wie alle im Dorf, daß das Großmaul Hundertmarkscheine nur vom Hörensagen kannte.

Bevor ich die von meinem Vater ausgeführten Reparaturen austrug, wurden von meiner Mutter Sonntagsschuhe auf Hochglanz geputzt und Arbeitsschuhe eingefettet. Manchmal half ich dabei. Sohlen und Absätze kosteten je nach Größe 3,50 oder 3,80 Mark. Meine Mutter meinte, bei 3,80 Mark könne ich vielleicht damit rechnen, daß ich mit vier Mark bezahlt würde und mir die Leute sagen würden, ich solle die zwanzig Pfennig Wechselgeld, die sie mir mitgab, als Trinkgeld behalten. Aber da täuschte sie sich. Eigentlich mußte auch sie wissen, daß es im ganzen Dorf niemanden gab, der es sich nicht hundert und tausend Mal überlegte, bevor er zwanzig Pfennige verschenkte. Das wußte auch der Mesmer, der jeden Sonntag nach der Predigt seinen an einem langen Stab hängenden Klingelbeutel durch die in den Bänken knienden Reihen der Kirchenbesucher schob. Oft kriegte er nur Pfennige oder Hosenknöpfe, und wenn dann doch einmal einer ein Zehnerl in den Schlitz des Klingelbeutels fallen ließ, dann ließ er sich viel Zeit damit, daß auch alle sehen konnten, welch großes Opfer er gebracht hatte. Besser für mich wäre es also gewesen, meine Mutter hätte 3,95 Mark für die Reparatur verlangt, dann hätte ich den Rest von fünf Pfennig vielleicht nicht herausgeben müssen, aber das ging nicht wegen unserer Konkurrenz, dem Schuhmacher Schiller, der hatte zwar seine Meisterprüfung nicht in Hamburg gemacht wie mein Vater, verlangte aber für Sohlen und Absätze nie mehr als 3,80 Mark. Daß er die Schuhe bei weitem nicht so gut reparierte wie mein Vater, das kapierten die meisten Kunden sowieso nicht, da sie nie auf der Reeperbahn gewesen waren und nie die Alster gesehen hatten. Und weil mein Vater so lange in Hamburg gelebt hatte, war es fast, als sei er auch in Amerika gewesen, erklärte ich Georg und Willi, weil von dort die Schiffe nach New York fuhren, wo ein Freund meiner Eltern unter lauter Wolkenkratzern lebte.

Am allerwenigsten konnte ich auf dem Schloß mit einem Trinkgeld rechnen. Dort ging ich besonders ungern hin. Die junge Schloßfrau war zwar ganz nett, wenn man sie im Dorf traf, und gab nicht so an wie die alte. Es war mir aber auch am liebsten, wenn mir schon irgend jemand im Schloßhof Schuhe und Rechnung abnahm, während eine ganze Meute zähnefletschender Jagdhunde an Gitterstäben hochsprang oder an ihren Ketten zerrte. An Trinkgeld war mitten in dem wilden Gebell gar nicht zu denken, und ich war gottfroh, wenn ich ungebissen wieder aus dem Schloßhof heraus war. Am Sonntag aber ärgerte ich mich jedes Mal, wenn ich den Hochwohlgeborenen mit seiner Familie und seiner alten Mutter mit dem Silberstock in ihrer Empore über dem Hochaltar sah. Wenn sie schon etwas Besonderes sein wollten, dann hätten sie mir, wie Sigmund Lichtnauer aus Augsburg, einmal eine Mark als Trinkgeld geben müssen. Das hätte mehr Eindruck auf mich gemacht als ihre Extrawurst an der Kommunionbank oder ihre Gruft im Wald, in der sie später genauso vermodern mußten wie normale Sterbliche im Friedhof.

Lieber als aufs Schloß ging ich ins Pfarrhaus. Wenn die große Türe dort zugesperrt war, blieb ich zunächst eine Weile eingeschüchtert davor stehen, ohne mich zu rühren. Ich wollte möglichst wenig stören und wußte nie, ob ich auf den Knopf der schrillen elektrischen Klingel drücken oder an dem Griff der am Ende eines langen Drahts befestigten Metallglocke ziehen sollte, die dann jedes Mal zu meinem Erschrecken lange und laut im Treppenhaus widerhallte. Wenn man aber nachts zu einem Versehgang rufen mußte, war es am besten, man klingelte und läutete zugleich, damit keine Zeit verlorenging und der Kranke nicht schon tot war, bis der Pfarrer mit der Wegzehrung kam.

Falls Fräulein Josephine, die Haushälterin, nicht daheim war, kam der Pfarrer selbst an die Tür und erzählte mir dann, wenn er gerade ein bißchen Zeit hatte, etwas über das Buch, das er gerade las. Ich genierte mich zwar ein bißchen vor dem Pfarrer, weil er, seitdem ich zum Beichten ging, alle meine Sünden kannte, die läßlichen und die Todsünden, aber er schien weniger an sie zu denken als ich und erzählte mir einmal von einem Feldherrn, der Epaminondas geheißen habe und ein außergewöhnlicher Mensch gewesen sei. Über den habe er gerade bei einem lateinischen Schriftsteller gelesen. Der Name dieses Schriftstellers sei Cornelius Nepos. Den solle ich mir merken. Weil ich ja bald Ministrant werden wolle, sei es gut, wenn ich allmählich etwas über die alten Lateiner wisse, obwohl sie freilich Heiden gewesen seien. Ja, auch Epaminondas und Cornelius Nepos seien leider keine Gläubigen gewesen, nicht aus Verstocktheit, sondern weil sie zu ihrem Unglück vor Christus auf die Welt gekommen seien. Ob denn gar keine Hoffnung bestehe, daß sie im Himmel seien, wollte ich wissen. Nein, das sei ganz unmöglich, weil sie nicht getauft worden seien. Ob sie denn wenigstens im Fegefeuer seien, fragte ich weiter. Nein, auch dort konnten sie nicht sein, weil ja das Fegefeuer nur ein Wartesaal zum Himmel sei. Ob denn dann Epaminondas und Cornelius Nepos in der Hölle seien? Diese Sorge brauche man sich wahrscheinlich nicht zu machen, aber richtig selig seien sie bestimmt nicht, weil sie ja als ungetaufte Heiden der Anschauung Gottes nicht teilhaftig werden konnten.

Ich freute mich so sehr darüber, daß ich erst nach Christi Geburt auf die Welt gekommen war, daß ich keinen Augenblick an ein Trinkgeld dachte. Ja, alles was der Pfarrer sage, sei Gold wert, meinte meine Mutter, als ich ihr von Epaminondas und Cornelius Nepos erzählte, das spüre man auch bei seinen gut einstudierten Predigten, die für viele von den Kirchgängern allerdings viel zu hoch seien. Manche fänden seine Predigten leider nur deshalb so schön, weil er nicht wie ein Kapuzinerpater herumschreie und sie daher auch nicht daran hindere, ein kleines Nickerchen zu machen.

Auch ins Schwesternhaus ging ich nicht ungern, obwohl ich dort ganz bestimmt kein Trinkgeld kriegte. Denn Schwestern durften ja gar kein Geld besitzen, weil sie für alle Zeiten außer Gehorsam und Keuschheit auch noch Armut gelobt hatten. Neben der ein bißchen vornehm tuenden Schwester Oberin und der oft etwas schlecht aufgelegten Handarbeitsschwester Modesta, bei der alle Mädchen vom Dorf in der Schule nähen, stricken und häkeln lernten, gab es noch die immer freundliche Schwester Viola, bei der ich den Kindergarten besucht hatte, und dann noch die Schwester Gutberta, die es mit allen gut meinte und ganz besonders wichtig war. Denn wenn wir Buben gerauft hatten oder vom Fahrrad gefallen waren und die Kniescheibe gar zu arg blutete oder nach Wochen vielleicht noch zu eitern anfing, brauchte man nur im Schwesternhaus zu klingeln und „Gelobt sei Jesus Christus" und „Grüß Gott" zu sagen, wenn die Tür aufging. Falls es nicht sowieso die Schwester Gutberta war, die die Tür aufgemacht hatte, wurde sie von ihrer Mitschwester geholt, auch wenn sie gerade in der Kirche war, um dort Blumen an die Altäre zu stellen. Schwester Gutberta säuberte mit einem nach Alkohol riechenden Wattebausch die Wunde, und wenn man jammerte, weil es weh tat, lachte sie nur und sagte, das schade nicht, dann komme man später nicht so lange ins Fegefeuer wegen der ständigen Herumrauferei. Dann klebte sie ein Pflaster auf die wunde Stelle und sagte, man solle übermorgen wiederkommen. Das Allerschönste war freilich, daß man im Schwesternhaus nichts zu bezahlen brauchte. Man mußte nur noch einmal „Gelobt sei Jesus Christus" und „Vergelt's Gott" für die Behandlung und das Pflaster zu sagen und dann durfte man wieder gehen.

So einfach war das beim Doktor Pfuhler nicht. Der schickte eine gesalzene Rechnung, wenn man bei ihm gewesen war. Es half nicht einmal, wenn man während der Behandlung gestorben war: dann mußten eben die Verwandten die Rechnung bezahlen. Ich nahm mir fest vor, Toten keine Rechnungen zu schicken, falls ich einmal Doktor werden sollte. Ob ich beim Doktor ein Trinkgeld gekriegt hätte, das wußte ich nicht, weil er seine Schuhe bei der Konkurrenz meines Vaters reparieren ließ. Das sollte er ruhig, denn er kaufte seine Schuhe sowieso nicht im Dorf, sondern in Ulm, wo er herstammte. Darüber hätte sich mein Vater während der Reparatur dann nur ärgern müssen.

Wenn Onkel und Tanten auf Besuch kamen, zeigte ich ihnen den Sparschrein in der Hoffnung, daß sie mir etwas schenken würden. Nur der Onkel aus Amerika enttäuschte mich nicht, als er einmal kam. Er war zwar gar kein richtiger Onkel und nur ein Freund meiner Eltern, aber seitdem er zu Besuch dagewesen war, wußte ich, was es bedeutete, wenn man soviel Geld hatte, daß man es gar nicht mehr zählen konnte. Meinen Schwestern kaufte der Onkel fast alle Bälle, die es in Mayerhofers Geschäft gab, und meinem Bruder den einzigen zum Verkauf angebotenen Fußball. Am meisten freute es mich, daß Lotte, die mit mir in den Kindergarten gegangen war und dort Theater mit mir gespielt hatte und jetzt die Volksschule mit mir besuchte, mit eigenen Augen meinen Onkel aus Amerika gesehen hatte. Vielleicht hatte sie jetzt verstanden, daß sie trotz ihrer schönen schwarzen Haare gar nicht von oben herab zu tun brauchte, wenn ich im Klassenzimmer oder auf dem Schulhof zu ihr hinguckte. Hatte sie vielleicht einen Onkel aus Amerika, der auch noch viel größere Geschäfte leerkaufen konnte als ihren Laden?

Dem Onkel aus Amerika gefiel es zwar gut bei uns, aber als meine Eltern ihn fragten, ob er bald wiederkomme, da meinte er, nicht, solange dieser Hitler regiere. Daß es schlimm war mit diesem Hitler, das sagten auch meine Eltern, und ich wußte auch, daß ich es nicht weitererzählen durfte.

Eines Tags kam dann ein uns allen unbekannter Mann, der am Revers seiner Jacke ein Parteiabzeichen und unter seiner Nase einen Schnurrbart trug und mit „Heil Hitler" grüßte, als er in den Laden trat. Er habe die Firma von Sigmund Lichtnauer übernommen, sagte er. Jetzt verstand ich auf einmal, daß es gar keinen großen Sinn hatte, noch länger weiterzusparen. Nicht nur, weil der Onkel aus Amerika und Sigmund Lichtnauer nicht mehr kamen, sondern auch weil die Hitlerei sicher in Krieg und Inflation und vielleicht noch viel schlimmer als der Weltkrieg enden würde, wie meine Eltern meinten. Sogar Herr Wieland von der Sparkasse wurde eingezogen. Mir war es sehr sympathisch, daß er seine Militärmütze fest über die Ohren zog, als er einmal an einem windigen Tag auf Urlaub kam. Schneidig sehe das nicht aus, meinten die Leute. Das schien den Sparkassenmann aber gar nicht zu stören. Den Krieg könne man mit Soldaten, die sich die Militärmütze über die Ohren zogen, wenn ein kalter Wind blies, wahrscheinlich nicht gewinnen, sagte mein Vater, aber er meinte auch, das sei wohl immer noch das Beste.

VII. Das Fest

Im Sommer hatten wir immer viele Besucher. Die meisten kamen mit dem Fahrrad, aber die Bellamonter hatten sogar ein Auto. Das kam davon, weil Onkel Anton, der mit meiner Taufpatin, Tante Babett, der großen Schwester meiner Mutter, verheiratet war, Bürgermeister von Bellamont war. Bellamont war überhaupt etwas Besonderes. Es bedeutete eigentlich Schönberg, erklärten mir die beiden Kusinen und die beiden Vetter, die mitgekommen waren, und außerdem war es das höchste Dorf in ganz Oberschwaben. Nicht weit von Bellamont war Füramoos. Da wohnte Tante Frida. Sie war die jüngste Schwester meiner Mutter, hatte aber keinen Mann und sagte, sie brauche und wolle auch keinen, und sang auch noch „Lustigen, ledigen Leut ist's wohl, / Ihre Kinder schlafen wohl". Freilich kam Tante Frida mit dem Fahrrad.

Ich freute mich immer, wenn Besuch kam. Meine Mutter sagte dann meistens zu den Kommenden: „Ich hatte so ein komisches Gefühl. Da habe ich gestern einen Kuchen und einen Gugelhupf gebacken". Dann holte sie auch die alten, wertvollen Tassen aus dem Glasschrank, die noch von ihrer Aussteuer stammten. Auf denen stand zwischen roten Röslein geschrieben „Sei glücklich" oder zwischen blauen Vergißmeinnicht „Zum Andenken". Schlimm wäre es gewesen, wenn eine davon kaputt gegangen wäre. Darum tranken nur die Erwachsenen aus den Glasschranktassen und nicht auch die Kinder.

Die Buben aus der Nachbarschaft ärgerten sich, weil ich einen Onkel hatte, der Bürgermeister eines Dorfs mit einem lateinischen Namen war und ein richtiges Auto hatte. Darum sagten sie, das Auto sei nur eine elende alte Karre. Meine Vettern und ich wußten aber, daß sie einfach neidisch waren, wenn wir wie die Wilden hupten, damit alle hörten, daß wir einen Onkel mit einem Auto hatten. Wir hupten solange, bis Onkel Anton aus dem Fenster schaute und zu uns herunterschrie, wir sollten endlich aufhören, sonst sei bald seine Batterie leer.

Wenn der Onkel mit Tante Babett, den Kusinen Meta und Trudl und meinen Vettern Paul und Fridolin wieder wegfuhr, stand die ganze Nachbarschaft um sein Auto herum und guckte ihm zu, wenn er mit einer Kurbel den Motor anwarf. Die Leute staunten ihn zuerst an, aber wenn das Getucker wieder absoff, lachten sie. Dann kriegte mein Onkel einen roten Kopf, und man wußte nicht, ob es die Anstrengung mit der Kurbel oder der Ärger über die blöden Gaffer war. Das Lachen verging ihnen aber, wenn der Motor endlich warmgelaufen war, Onkel Anton sich ans Steuer gesetzt und ein paar mal Gas gegeben hatte. Jetzt sprangen sie auf die Seite, denn sobald er losfuhr, wirbelte der Staub um das Auto auf und bedeckte alles wie mit einem weißen Schleier.

Seitdem mein Onkel aus Bellamont mit einem Auto kam, verging mir allmählich die Angst vor allem Motorenlärm, der ins Dorf hereingefahren kam. Als ich noch sehr klein war, kam meine Schwester Maria manchmal weinend zu mir gelaufen und umarmte mich glücklich, sobald sie mich sah, weil ihr der Nachbar Röhrle wieder einmal eingeredet hatte, gerade sei ich mit zwei fremden Männern weggefahren, nach Amerika, wo sie mich um viel Geld verkaufen wollten, weil ich so einen schönen blonden Pagenkopf hatte. An den anderen Buben, besonders denen mit Glatzkopf, hätten sie kein Interesse gehabt. Noch lange deckte ich mich mit meinen Vettern in der Schreinerei meines Onkels Josef unter Hobelspänen und Sägmehl zu, sobald wir ein Auto hörten, das vom Johannesberg aus dem Wald ins Dorf herunterfuhr. Mir gefiel mein Pagenkopf gar nicht, weil ihn meine Mutter immer mit einem Lauskamm strählte, so sehr ich mich auch dagegen wehrte. Bis es mir zu dumm wurde und ich zu dem Gesellen beim Friseur Bauer, der gerade eine neue elektrische Haarschneidemaschine bekommen hatte, sagte: „Alles ganz weg". Und obwohl ich zu Hause geschimpft wurde, war ich froh, daß ich jetzt auch wie die anderen Buben aussah, die mich wegen meiner Locken immer ausgelacht hatten.

Aus Hamburg kam einigemal Tante Marta. Sie war der Besuch, an dem ich die größte Freude hatte. Tante Marta war so lieb, daß man um ihretwillen auch ihren Mann und ihren Sohn ertrug, denn der Mann war lange nicht so nett wie sie, obwohl er ein alter Freund meines Vaters war und lange Zeit mit ihm zusammen im Kolpinghaus in Hamburg gewohnt hatte. Tante Marta hatte schwarze Haare, aber keine Zöpfe wie meine Schwestern und kein Nest wie meine Mutter, sondern einen richtigen Bubikopf. Wenn es warm war, trug sie helle und leichte Sommerkleider. Sie hatte seidene Strümpfe, und ihre Haut rieb sie mit Kölnisch Wasser ein. Mir brachte sie immer die Kleider mit, die ihrem Sohn Werner zu klein geworden waren. Die probierte sie mir dann mit meiner Mutter an und nannte mich beim Aus- und Anziehen immer wieder „mein Süßes". Und dabei drückte sie mich an ihre Brust, die groß und weiß war. Dort ging mir eine Ahnung auf, wo das Land war, in dem Milch und Honig fließen und das der Pfarrer in der Kirche einmal das Gelobte genannt hatte. Mir gefiel es an Tante Martas Brust so gut, weil sie so wunderschön weich und nicht so stramm war wie der Busen der benachbarten Lehrerin Fräulein Wadel. Der war so fest verpackt, daß man sich den Kopf daran hätte blutig stoßen können.

Einmal trat ich ins Zimmer, als Tante Marta gerade Seidenstrümpfe anzog. Da sah ich ihre Schenkel, die so weiß wie ihre Brust waren. Man konnte bei ihr hinschauen, wohin man wollte: überall war Gelobtes Land. Und weil ich sie „Tante" nannte, obwohl sie, wie ich wußte, gar keine richtige Tante war, durfte ich bei ihr hingucken, wohin ich wollte.

Ihr Sohn Werner stritt meistens mit den Buben aus der Nachbarschaft. Die mochten ihn nicht, weil er so angab mit seinen Griffen und immer wieder behauptete, die Hamburger seien gescheiter als die Erolzheimer. Und wirklich schade war es, daß Tante Martas Mann nicht in Hamburg geblieben war. Der war zwar katholisch, aber lange nicht so nett wie Tante Marta, die evangelisch war. Sie ging deshalb am Sonntag auch nicht zur Messe, machte sich aber dafür schön, bis wir aus der Kirche zurückkamen. Doch ein Jahr, nachdem sie mit ihrem Mann und Werner wieder nach Hamburg zurückgefahren war und mich beim Abschied wie immer an die Brust gedrückt und „mein Süßes“ genannt hatte, kam eine Anzeige, daß sie gestorben sei. Ihr Mann schrieb noch dazu, sie habe große Angst vor einem Krieg gehabt und habe sich das Leben genommen. Schon ein paar Monate später aber schickte der Witwer eine Heiratsanzeige und schrieb auf die Rückseite noch hinzu, er habe mit seiner neuen Frau das große Los gezogen. Da sagte mein Vater, auf so einen Freund wolle er künftig lieber verzichten, und auch meine Mutter fand die Bemerkung mit dem großen Los nicht richtig und sagte nur: „Arme Marta“.

Mir aber kam es vor, als gehörte dafür Tante Marta jetzt ganz mir. Und wenn sie nicht in den Himmel gekommen war, weil sie ausgeschnittene Kleider und seidene Strümpfe getragen, einen Bubikopf gehabt und immer so nach Parfüm gerochen hatte, evangelisch gewesen war und sich aus Angst vor einem Krieg das Leben genommen hatte, dann wollte auch ich später nicht in den Himmel.

Am Sonntag nach dem 5. August war das Erolzheimer Fest. Das konnte einen schon wundern, wo doch auf dem Hochaltar der Heilige Martin, dessen Namenstag am 11. November war, hoch zu Roß jedem zeigte, daß er der eigentliche Schutzpatron unserer Kirche war. Er zerschnitt mit seinem Schwert den eigenen Mantel in zwei

Hälften, um den nackten Bettler zu kleiden, der an der Seite des Pferdes kauerte. Nachts im Traum erschien dieser ihm dann wieder, weil er in Wirklichkeit Christus gewesen war. Aus Gründen, an die häufig erinnert wurde, war das Erolzheimer Fest aber nicht im November. Das Fest Mariae Schnee hatte den Vorrang, weil über der Tür zum Glockenhaus ein von einem Herrn von Erolzheim aus Rom gebrachtes Gnadenbild der Mutter Gottes hing, das an den wunderbaren Schneefall im August und unter italienischen Palmen erinnerte, der dem Papst Liberius angezeigt hatte, wo er die von Maria gewünschte Kirche Santa Maria Maggiore bauen lassen sollte. Es gab viele außergewöhnlichere Wunder, als daß es einem Kirchgänger besondere Mühe gemacht hätte, an den Schneefall mitten im Sommer zu glauben.

Zum Fest kamen immer zwei auswärtige Geistliche, damit unser Pfarrer mit ihnen ein Levitenamt zelebrieren konnte, das viel länger dauerte als eine gewöhnliche Sonntagsmesse, auch weil die Predigt, die einer der beiden auswärtigen Gäste hielt, meistens gar kein Ende nehmen wollte. Auch beim Kirchenchor hatte man beim „Gloria", „Credo", „Sanctus" und „Agnus Dei" den Eindruck, er fange immer wieder von vorne an. Die Worte des auswärtigen Pfarrers wurden zwar meistens gelobt, weil es abwechslungsreicher war, auf der Kanzel einmal ein neues Gesicht zu sehen und eine ungewohnte Stimme zu hören. Aber meine Mutter sagte fast jedes Mal, daß unsern Herrn Pfarrer doch kaum einer erreiche. Einer der auswärtigen Prediger erzählte auf der Kanzel, er sei nicht nur in Rom gewesen, wo er außer dem Papst auch die Kirche Santa Maria Maggiore gesehen habe, sondern habe auch das Heilige Grab in Jerusalem besucht und überhaupt insgesamt drei von fünf Erdteilen gesehen, aber der Ulmer Onkel erklärte uns, wahrscheinlich habe das Schiff, mit dem der auswärtige Prediger nach Palästina gefahren sei, einmal an einem afrikanischen Hafen angelegt. Jetzt wußte ich, daß sich die fremden Geistlichen vor uns Erolzheimern bloß wichtig machen wollten, wie Tante Martas Werner.

Am schönsten aber war es, wenn man nach dem feierlichen Segen endlich bei lautem Orgelspiel ins Freie trat und vom großen Platz unten bei der Adlerwirtschaft nicht weniger laute und weit verlockendere Töne heraufklangen. Sie stammten von der Drehorgelmusik der beiden Karusselle, auf die wir lange gewartet hatten und die am Donnerstagabend doch noch eingetroffen waren, obwohl jemand erzählt hatte, der Karussellmann sei heuer ganz anderswo und könne daher gar nicht kommen.

Bei meinem Sinn für Sparsamkeit hätte es mir eigentlich gleichgültig sein müssen. Ich brauchte gar nicht mit dem Karussell zu fahren, um meine Freude daran zu haben. Mir reichte die schöne Musik und der Reigen der bunten Tiere und Kutschen. Die seltenen Fahrten, an denen ich teilnahm, verursachten mir sowieso meistens nur Übelkeit, ganz abgesehen davon, daß mich der Gedanke quälte, nun seien für nichts und wieder nichts zehn Pfennige verpulvert worden. Mein Bruder dachte da anders. Als ihm der sparsame Ulmer Onkel einmal einen Nickel für eine Fahrt schenkte, hatte er das Glück, den goldenen Ring zu ziehen. Da konnte er noch einmal fahren, ohne zu bezahlen. Ans Wunderbare grenzte es freilich, daß er noch sechs Mal den Zauberring erwischte. Das hatte es noch nie gegeben, und es schien beinahe nicht mit rechten Dingen zugegangen zu sein. Man tat wohl überhaupt gut daran, wenn man den herumfahrenden Karusselleuten nicht traute, denn schon mancher war auf die schiefe Bahn geraten und verschollen und verdorben, weil er wie ein ahnungsloses Kind hinter ihrer hell klingenden und einschmeichelnden Musik hergelaufen war. Mein Onkel Rudolf, der jüngste Bruder meiner Mutter zum Beispiel, der trieb sich meistens in der Fremde herum. Von seiner großen musikalischen Begabung erzählten sich die Geschwister Wunderdinge. Ja, wenn der einmal käme, das wäre ein Besuch! Ich konnte nicht verstehen, daß meine Eltern der Gedanke an eine plötzliche Ankunft von Bruder und Schwager nicht ganz so begeisterte wie mich und der Schreineronkel sogar von Schande sprach, wenn die Rede auf seinen jüngsten Bruder kam, der nie einen rechten Beruf gelernt hatte. Aus purer Faulheit.

Eines Tags war Rudolf tatsächlich plötzlich mit einem Freund da, der eine Ziehharmonika mitbrachte. Der Onkel selber spielte mit unglaublich gelenkigen Fingern auf der Gitarre, und wenn er nicht gerade sang oder jodelte, blies er auch noch auf einer Mundharmonika mit Hilfe eines eigens für Künstler wie ihn geschaffenen Gestells. Er spielte und sang einfach wunderschön. Das sagten alle, die ihn hörten. Einmal setzte er sich mit seinem Freund auf die Bank unter der alten Linde am Kapellenberg hoch über dem Stüble meiner Großmutter. Als ihm mitten in einem Lied auf einmal eine Saite seiner Gitarre platzte, lachte der Onkel nur und spielte weiter, als ob das ganz selbstverständlich wäre. Da verstanden alle, auch die, die es bis jetzt nicht geglaubt hatten, daß er ein echter Künstler war.

Nur die eigenen Geschwister, die doch stolz auf ihren Bruder sein konnten, hatten wegen seiner vielen Grimassen und unfrommen Reden alles Mögliche an ihm auszusetzen. Dabei sang er doch so schön, daß viele Frauen weinten und sich schneuzten, sobald er das Lied vom Gefangenen in maurischer Wüste zum Besten gab. Spätestens beim zweiten, als Kehrreim wiederholten „Teure Schwalbe, aus Frankreichs grünen Auen" schluchzten fast alle. Sogar einige Männer, die im Krieg in Gefangenschaft gewesen waren, bekamen feuchte Augen. Um so ungehöriger schien es den Geschwistern, daß er jetzt, wenn es am ergreifendsten war, furchtbare Gesichter schnitt, die den feierlichen Ernst und alle Rührung zerstörten. Ja, er trieb den Spott so weit, daß er manchmal schon vorher mit mir wettete, wie lange es wohl brauchen werde, um diese oder jene, die bald mit einem „O Rudolf, sing uns noch was" in ihn drang, gänzlich in Tränen aufzulösen.

Eben rauschte in seinem Lied noch die Nordseewelle, da sang er schon von einem Mädchen am Golf von Biskaya, trank dann Wein vom Rhein und küßte ein Mägdelein. Dann erinnerte sich der aus der Fremde Zurückgekehrte, es gebe in der Heimat zwar die alten Straßen noch, die alten Häuser noch, die alten Freunde aber, ach, die gab's nicht mehr. Seine letzten Gitarrenakkorde hörte man fast nicht mehr, weil alle laut heulten und ihn mit glänzenden Augen ansahen.

Am interessantesten war es aber für mich, wenn Onkel Rudolf erzählte, daß er früher beim Zirkus Sarassani gewesen sei. Da habe ihm das ganze Zelt zugejubelt, wenn er, auf einem galoppierenden Schimmel stehend, jodelnd und Gitarre spielend, hereingeritten sei. „Und wahrscheinlich hast du dann auch noch einen Handstand dabei gemacht", meinte der Schreiner Onkel, weil es ihm und seinen Brüdern und Schwestern gar nicht gefiel, daß ihr Bruder so herumzigeunerte und heute hier und morgen dort war, so daß man nicht wußte, wo er eigentlich hingehörte. Die Geschwister redeten ihm zu, er solle sich doch eine Frau nehmen. Aber Onkel Rudolf schnitt bei dem Vorschlag nur eine Grimasse. Und als er sonntags einmal in die Kirche ging, weil man ihm keine Ruhe ließ, machte er auch dort seine dummen Faxen. Eines schönen Tags hatte er genug von seinen Geschwistern, die ständig an ihm herumkritisierten, und versicherte ihnen, sie könnten ihn alle am Arsch lecken. Er meinte es ernst und ließ sich lange nicht mehr blicken.

Auch Onkel Hermann konnte singen, aber er hatte keinen Tenor wie Onkel Rudolf, sondern einen tiefen Baß. Die Musik, die der Oberlehrer Thuma an Sonn- und Feiertagen auf hoher Empore orgelte und dirigierte, und der Klang des Kirchenchors, zu dem er gehörte, wurde von

Onkel Hermann dann nach dem Gottesdienst oft lang und breit diskutiert, so lange, bis ihn Schwester und Schwager gelobt hatten, weil er wieder besonders schön gesungen hatte.

Weil Onkel Josef während der Schulferien immer auf Besuch kam, lud er auch meine Mutter einmal nach Ulm ein. Mein Vater mußte zu Hause bleiben, denn das Geschäft konnte man nicht einfach schließen. Da hätten die Leute ja geglaubt, er fahre jetzt am hellen Werktag spazieren. Aber weil er sowieso schon viel von der Welt gesehen hatte, war die Reise nach Ulm für ihn auch gar nicht so wichtig. Josef und ich durften mit, und wir fuhren alle drei mit dem Omnibus des Schlossers Schaupp nach Kellmünz und dann mit dem Zug bis nach Ulm. Der Onkel hatte auch eine Haushälterin. Wir nannten sie Tante Emma, seitdem sie einmal in Erolzheim gewesen war. Aber der Onkel sagte Sie zu ihr. Daran merkte man, daß sie nichts miteinander hatten, und man sah es auch daran, daß der Onkel in Ulm ebenfalls jeden Tag zur Kommunion ging und am Sonntag auch noch im Chor in der Wengenkirche sang.

Josef und ich wurden ganz aufgeregt, als wir das Münster sahen und den höchsten Kirchturm der ganzen Welt. Josef stieg ganz hinauf, bis es nicht mehr weiterging. Von dort aus gesehen, erzählte er dann, seien die Autos kleiner als Ameisen gewesen. Ich war mit meiner Mutter und Tante Emma, die es nicht mehr verschnaufen konnten und denen es schwindlig wurde, nur bis zur ersten Plattform gegangen. Von da aus waren die Autos wenigstens immer noch so groß wie Maikäfer gewesen.

Im Münster gab es zwar viel zu bestaunen, aber es kam uns dort ein bißchen leer vor, weil in der riesigen Kirche fast keine Altäre waren und auch keine Heiligenstatuen, wie wir sie von Erolzheim her gewohnt waren. Das komme davon, erklärte uns der Onkel, weil die Bilderstürmer in der Reformation alles kaputtgeschlagen hätten und weil das Münster evangelisch sei. Es fror einen sogar mitten im Sommer richtig, wenn man daran dachte, daß es in so einer großen Kirche nicht einmal einen Tabernakel gab und auch kein ewiges Licht und nirgends eine Kerze brannte, die einer in einem besonderen Anliegen einem Heiligen gestiftet hatte. Und nicht einmal die Muttergottes hatte einen richtigen Altar bei den Evangelischen.

Am Domplatz kaufte meine Mutter ein neues Kleid, und Tante Emma half ihr dabei. Sonst ließ meine Mutter ihre Röcke und Blusen natürlich in Erolzheim machen, weil die Schneiderinnen bei uns ja auch ihre Schuhe kauften und reparieren ließen, aber, meinte Tante Emma, das würden ja bestimmt auch die Schneiderinnen in Erolzheim verstehen, daß man, wenn man schon einmal im Leben nach Ulm komme, die Gelegenheit auch ausnützen mußte, etwas Besonderes anzuschaffen. Der Onkel nickte dazu. Und wenn meine Mutter zuerst geglaubt hatte, es gebe nichts Passendes für sie, weil sie doch viel zu korpulent sei, dann hatte sie sich ganz schön getäuscht. Nein, korpulent sei sie überhaupt nicht, sagte die Verkäuferin zu meiner Mutter, höchstens vollschlank sei sie. Es dauerte ewig, bis meine Mutter, die immer wieder mit Tante Emma in einer Kabine verschwand, endlich ein Kleid hatte. Es war schwarz mit weißen Punkten. Nein, farbiger dürfe es nicht sein, weil man auf dem Dorf so ein Kleid immer wieder brauche, da man meistens Trauer oder Halbtrauer tragen müsse. In der Stadt, wo einen keiner kenne, sei das natürlich anders. Das sah auch Tante Emma ein. Und selbst die Verkäuferin hatte Verständnis. Sogar der Onkel wartete ganz geduldig, bis seine Schwägerin sich endlich entschieden hatte. Denn das neue Kleid wollte er ihr schenken.

Bis jetzt hatte mir in Ulm alles gefallen, aber dann merkte ich auf einmal, wie schlimm es in der Fremde sein konnte. Ich war recht froh, daß wenigstens meine Mutter dabei war, als es zum Mittagessen eine Tomatensuppe gab. Ja, wie sollte ich diese großen Tomatenschnitze hinunterkriegen, wo ich Tomaten doch nicht mochte? Ich hatte zuerst gehofft, der Josef esse sie auch nicht, aber der schluckte alles hinunter. Und dem Onkel schmeckte die Tomatensuppe sogar sehr gut. Das sah man, weil er noch einen zweiten Teller vollgeschöpft und ebenso schnell leergelöffelt hatte wie den ersten. Auch meine Mutter war schon fertig, als ich noch gar nicht richtig zu essen angefangen hatte. Ob denn die Suppe nicht gut sei, fragte die Tante, und der Onkel sah dabei mit blitzenden Brillengläsern zu mir herüber. Da wollte ich allen zeigen, daß die Suppe auch mir schmecke, und schob den Löffel mit einem riesigen Tomatenschnitz in den Mund. Aber es wurde mir gleich speiübel davon, und ich kam gerade noch mit knapper Not bis zum Klo. Dort brauchte man nur an einer Kette zu ziehen, und schon war das ganze ekelhafte Tomatenzeug weggespült. Ja, sagte meine Mutter, das sei wohl noch die Aufregung von der weiten Reise, und die Magenverstimmung komme bestimmt von den vielen neuen Eindrücken in der großen Stadt. Wenn man vom Land komme, könne man das alles eben kaum verkraften. Da waren Onkel Josef und Tante Emma zufrieden, daß es nicht die Tomatensuppe gewesen war. Ich tat so, als ob ich's glaubte, obwohl ich ganz genau wußte, daß es die abscheulichen roten Häute gewesen waren, die mich so gewürgt hatten.

Wir fuhren mit der Straßenbahn auch zur Friedrichsau. Dort gab es einen Tiergarten mit ein paar Papageien. Auch einen Wolf gab es. Der stank so, daß man sich die Nase zuhalten mußte. Ich wollte wissen, ob der Wolf von Rotkäppchen und der von den Sieben Geißlein auch so gestunken habe. Das konnte ich nicht glauben. Dann hätte Rotkäppchen sicher nicht auf ihn gehört, und die Sieben Geißlein hätten ihn durch die Tür gerochen. Da hätte es ihm nichts genützt, daß er vorher seinen schwarzen Fuß mit Mehl ganz weiß und die rauhe Stimme mit der gefressenen Kreide ganz weich gemacht hätte.

Wir fragten den Onkel, wo denn der Schneider von Ulm weggeflogen sei, denn manchmal hatten Josef und ich in Erolzheim schon mit anderen Buben zusammen im Chor geschrien: „Der Schneider von Ulm hat's Fliega probiert / Da hat ihn der Teufel in d'Donau nei g'führt". Der Onkel führte uns an die Stelle. Die Tante zeigte uns noch den Metzgerturm und erzählte uns, warum er schief sei. Ganz besonders freute es mich, daß ich jetzt auch die Donau gesehen hatte. Im Kindergarten hatte Tante Viola oft mit uns gesungen: „Auf der Donau bin i g'fahra / hab a Schiffle geseh'n". Wenn sie dann noch dazu sang „Und das Schiffle heißt Lotte / Und die Lotte soll sich dreh'n", dann drehte sich alles um mich herum, als ob ich mit dem Karussel fahren würde.

Nach drei Tagen hatten meine Mutter, Josef und ich in Ulm fast alles Interessante gesehen, und jetzt konnten auch wir mitreden, wenn sich Leute wichtig machten, die in der Welt herumgekommen waren. Mein Vater freute sich sehr, als wir wieder heimkamen. Er hatte sich neben seinem Schusterrappen zum Spaß mitten unter lauter leere Bier- und Weinflaschen gelegt und tat eine Weile so, als ob er einen Rausch ausschlafen müsse. Da lachte meine Mutter und sagte, es sei in Ulm alles sehr schön gewesen, am schönsten sei es aber doch, daß sie wieder daheim sei.

VIII. Kirchweih

Wenn es nieselte und kalt wurde und graue Wolken über den allmählich abgegrasten und gelb werdenden Wiesen hingen, wurden die Nachmittage langweilig. Die mehr als zwanzig Kühe, die mein Bruder Josef mit mir für einen großen Bauern von Ende August bis Ende Oktober hütete, standen oder liefen auf der Wiese herum und wollten ums Verrecken nicht fressen. Wir hatten zwar ein altes Regendach aufgespannt, aber da die Kühe heim in den Stall oder auf den Rübenacker wollten, der einem anderen Bauern gehörte, mußten wir ständig hin- und herrennen und bekamen von dem feuchten unter den Schuhen schmatzenden Gras bald nasse Füße. An diesen grauen Tagen wollte es nie halb fünf werden. Erst dann durften mein Bruder und ich unsere Herde eintreiben. Wenn ein Radfahrer auf der Straße nach Kirchberg vorbeifuhr, fragten wir, wie spät es schon sei. Andere Hütebuben machten sich warme Füße, indem sie die Schuhe auszogen und in frisch geschissene Kuhfladen hineintraten. Die dampften immer eine ganze Weile auf der Wiese. Wenn sie dann abgekühlt waren, hatte meist schon wieder eine andere Kuh geschissen, und man brauchte nur schnell hinzulaufen und da mit den Füßen hineinzutreten. Ob wir wohl zu vornehm oder zu dumm dazu seien, fragten die anderen Buben mich und meinen Bruder, weil wir es ihnen nicht nachmachten. Wir lachten mit ihnen und wetteten dann, welche Kuh als nächste scheißen werde.

Wenn es regnete und dazu noch Freitag war, dann war es am schlimmsten. Mit der faulen Ausrede, man dürfe am Freitag keine Wurst essen, gab uns die Bäuerin zur Vesper bloß Brot und Marmelade. Sie nannte sie zwar auch Gselz wie die meiner Mutter, doch sie war lang nicht so gut, weil die knausrige Bäuerin kaum Zucker darin verkocht hatte.

Besser als das trübe Regenwetter im Herbst war es fast, wenn es noch heiß war. Aber auch dann wollten die Kühe nicht fressen, weil ihnen die Bremsen und Fliegen keine ruhige Minute ließen. Einmal kam an einem schwülen Tag ein furchtbares Gewitter auf. Der Himmel wurde ganz gelb, und auf einmal streckten alle Kühe die Schwänze in die Höhe und rannten miteinander auf und davon. Es half auch nicht, daß ich mit meinem Bruder heulend hinter ihnen herlief. Dann kam ein so dichter Hagel, daß man meinte, der Jüngste Tag sei gekommen. Es wurde ganz dunkel, und wir verstanden uns fast nicht mehr, weil die Hagelkörner so furchtbar rauschten. Josef und ich fingen an, ganz laut zu beten, damit man uns im Himmel wenigstens hören konnte, falls man uns dort unter den dicken Wolken nicht mehr sah. Wir riefen immer wieder mit lauter Stimme „Mein Jesus, Barmherzigkeit" und „O Maria, hilf" und sagten alle Stoßgebete, die uns einfielen. Da ist es dann auch, Gott sei Dank, bald besser geworden. Josef hatte zuerst Angst vor dem Bauern, zu dem er nicht ohne die Kühe zurück wollte, von denen keine Spur mehr zu sehen war, aber dann hörten wir von den anderen Buben, daß auch ihr ganzes Vieh davongerannt sei. Daran konnte man sehen, daß es nicht unsere Schuld war. Da mußten die Erwachsenen nun schon selber nachgucken, wo die Kühe jetzt waren. Man fand sie am Abend an der Iller wieder. Ein Kälbchen war sogar in den Fluß gestürzt und dort ersoffen. Zum Glück war es nicht von unserer Herde.

Schon als Josef für einen anderen und kleineren Bauern die Kühe hütete, ging ich, wenn das Wetter schön war, meistens mit ihm. Jedes Mal sagte uns die Mutter noch, wir sollten ja kein Feuer anmachen und ja nicht zündeln. Mir schien das aber der Hauptspaß beim Hüten. Bei anderen Hütebuben hatte ich gesehen, wie lustig das war und wie sie Kartoffeln in der Glut brieten oder über das Feuer sprangen. Aber gerade das wollten meine Eltern nicht, weil mein Vetter Werner nach wochenlangen Qualen an den Folgen von den vielen Verbrennungen gestorben war, die er sich bei einer Zündelei mit dem Sohn des Gutsverwalters vom Schloß zugezogen hatte. Jahrzehntelang sah man an der Kirchhofmauer auf seinem Grab im Friedhof in Erolzheim die von seinem Vater, meinem Onkel Hermann, erdachte Gedenkplatte, auf der ein Knäblein, das eine endlos lange Treppe himmelan stieg, schon auf einer der ersten Stufen von einem aus Wolken gebeugten Gott Vater heimgeholt wurde.

Als ich meinem Bruder erzählte, um wieviel interessanter Hüten sein konnte, wenn man ein Feuer machte, ging er nach langem Widerstreben schließlich zu einem mit langsamen Kühen pflügenden und dabei rauchenden jungen Bauern und bettelte so lange um ein paar Zündhölzer und eine Reibfläche, bis er sie schließlich von ihm kriegte. Gleich kamen andere Buben zu uns, als sie das Feuer sahen. Einer machte sich einen Spaß daraus, mich gegen das brennende Reisig zu schubsen und dabei zu sagen: „Hätte ich dich nicht festgehalten, wärst du hineingefallen". So lange trieb er das Spiel, bis ich schließlich doch in das Feuer hineinflog, obwohl er es wirklich nicht gewollt hatte. Ich lief zu einem nahen Bächlein, um den brennenden Schmerz zu löschen, und rannte dann allein und schreiend nach Hause, weil Josef bei den Kühen bleiben mußte und sowieso Angst hatte, man werde ihn schimpfen, weil er gezündelt hatte. Mein Vater sagte mir, als ich heimkam, ich solle um Himmels willen nicht so laut schreien, damit die Mutter nicht erschrecke. Abends lag ich dann noch lange wach und hielt meine verbrannte Hand in das von meinen Eltern in einen Teller gegossene Öl und dachte viel an meinen Vetter Werner, der von Gottvater auf der langen Treppe direkt in den Himmel hinaufgeholt worden war.

Wenn ich mit anderen Buben zum Hüten ging, war der Hauptspaß das Mäusefangen. Mit einer alten Gießkanne schütteten wir solange Wasser in die Löcher, bis die Tiere herausstürzten, so daß wir sie mit Stockhieben totschlagen konnten. Es gab zwar unter dem Fünften Gebot bei den zahlreichen Hilfsfragen zur Erforschung des Gewissens auch die eine, ob man Tiere gequält habe, aber es war doch keine Tierquälerei, wenn man Mäuse totschlug. Im Gegenteil. Mäuse waren Schädlinge wie Maikäfer, die man ruhig umbringen durfte. Der Spaß am Mäusetöten verging mir erst, als mir einige Jahre später an einem Winterabend bei einem Spaziergang mit Josef eine Maus auf dem hartgefrorenen Schnee zwischen die Beine rannte und ich sie tot trat. Als ich das ausgehungerte Tier leblos auf der weißen Fläche liegen sah und mein Bruder mich fragte, ob ich mich denn nicht schäme, kam ich mir plötzlich recht kläglich vor.

Gegen Ende der Hütezeit, wenn es auf das Fest des Heiligen Martin zuging, sah man immer häufiger den Wirt vom Gasthof „Zum Sand“ im weißen Metzgerkittel im Dorf herumlaufen. Ich wollte es auf keinen Fall versäumen, wenn unten beim Onkel Schreiner die Sau geschlachtet wurde, die auch ich mit unseren Küchenabfällen mitgemästet hatte. Jedes Mal, wenn ich ihr mit dem Eimer etwas in den Trog schüttete, stürzte sie sich mit gleicher Gier grunzend auf das mitgebrachte Fressen. Ein dummes Vieh, das nicht kapierte, daß es dadurch um so schneller fett und schlachtreif wurde. So verursachte das Kreischen und Quietschen am Schlachttag höchstens belustigte Heiterkeit, zu welcher der Metzger mit breitem Grinsen den Auftakt gab. Er trieb das an einem Fuß angebundene Schwein vom Stall in den Hof und zerrte und schleifte es rücksichtslos weiter, wenn es sich sträubte. Jetzt kam der Augenblick, auf den wir Kinder alle warteten: Der Sandwirt nahm den schweren Vorschlaghammer und setzte seinen Ehrgeiz darein, die Sau mit möglichst wenig Schlägen zu töten. Das gelang ihm aber nicht immer. Wenn er nicht richtig getroffen hatte, bäumte sich die Sau noch einige Male laut schreiend auf. Sobald sie aber zusammengebrochen war, stieß er ihr, mochte sie auch noch immer mit den Füßen zucken, das Messer in den Hals und sammelte dann das herausspritzende Blut in bereitgestellten Eimern. Damit ja nichts von dem Blut zurückblieb, trat der Sandwirt mit seinen Schuhen dann noch auf der Leiche herum. Nun wurde sie in den mit kochendem Wasser gefüllten Waschtrog geworfen und so glatt rasiert, daß der unförmige Körper wie nackt dalag. Jetzt sah die Sau plötzlich fast wie ein toter Mensch aus, und da verlor ich bald die Lust, dem weiteren Schneiden, Zerteilen und Zerlegen zuzuschauen.

Bei kleineren Tieren, bei Hennen und Gockeln, die plötzlich mit bereits abgehacktem Kopf einer beim Schlachten unaufmerksamen Bauersfrau entwischten und richtungslos hierhin und dorthin flatterten, oder bei Kaninchen, die nach dem Schlag hinter die Ohren noch einmal ungestüm zappelten, ehe sie tot liegenblieben, war die Mischung aus Anziehung und Zurückschrecken ganz ähnlich.

Aber am aufregendsten war das Hüten am Samstag vor dem Kirchweihsonntag. Niemand verwehrte es jetzt den Buben, ein gewaltiges Feuer vorzubereiten. Sogar der Feldschütz, der sonst jederzeit auftauchen konnte und der einem die Freude an allem zu vergällen suchte, was das Hüten schön machte, am Zwetschgenklauen und am Kartoffelbraten, und der immer protestierend, maulend und drohend dahergerannt kam, wenn man die Kühe frei herumlaufen ließ, hatte an diesem Tag nichts zu sagen. Man sah den Rauch der Hütejungen von anderen Dörfern und wollte auch von ihnen gesehen werden. Schon Tage vorher trug man dürre Zweige und, damit es richtig qualmte, viel Laub zusammen, mußte aber darauf achten, daß andere nicht alles wieder verstreuten, damit sie das größere Feuer hatten, von dem dann alle erzählen würden.

Jetzt konnten wir nur noch darauf hoffen, daß es ein paar kalte Nächte mit einem dicken Reif gab oder gar schon der erste Schnee kam. Dann war es auch vor Ende Oktober aus mit dem Herumstehen und Herumrennen auf den Wiesen, und dann bekam Josef den vor der Hütezeit abgemachten Geldbetrag.

IX. Allerseelen

Ich schämte mich am Abend manchmal, weil ich mich darüber freute, daß endlich Schluß war mit den langwierigen Gebeten für all die Verstorbenen, von denen mir meine Mutter erzählte, die ich aber alle nicht gekannt hatte. Für meine jüngste Schwester Klara, die drei Jahre nach mir auf die Welt gekommen und im Krankenhaus in Memmingen nach einem Kaiserschnitt gestorben war, brauchten wir nicht zu beten, weil sie gleich nach der Taufe ganz bestimmt sofort in den Himmel gekommen war. Weil mir das Wort gefiel, fragte ich, was ein Kaiserschnitt eigentlich sei. Aber da wurde mir nur gesagt, das könne ich noch nicht verstehen. Und als meine Mutter dazu seufzte und mein Vater ganz gegen seine Art still und bleich wurde, hatte ich verstanden, daß es etwas Schlimmes sein mußte. In der Leichenhalle, erzählte mir meine Tante Frida, die ich einmal fragte, wie das mit dem Kaiserschnitt gewesen sei, habe mein Vater zufällig gehört, wie eine Krankenschwester zu der Leichenwäscherin gesagt habe, sie solle noch nicht weggehen, weil die Mutter des kleinen Mädchens auch gleich sterben werde. Zum Glück habe das nicht gestimmt, aber jetzt könne ich wohl verstehen, warum im Haus niemand gerne über den Kaiserschnitt rede. Als ich einmal mit meiner Mutter in Memmingen in dem großen Waldfriedhof Klaras kleines Grab suchte und wir es lange nicht fanden, da tat es mir leid, daß meine Schwester nicht hinten im Wald bei uns in Erolzheim, sondern in der Fremde unter lauter Unbekannten begraben war.

Wer die Armen Seelen nach dem Abendgebet vergaß, konnte sicher nicht gut schlafen. Er wachte mitten in der Nacht auf, weil sie ihn auf einmal weckten, und dann gaben sie keine Ruhe mehr, solange er nicht wenigstens einen ganzen Rosenkranz für sie gebetet hatte.

Ich kannte die Armen Seelen aus dem Katechismus meiner großen Geschwister. Da streckten sie die Arme hilfesuchend aus den züngelnden Flammen des Fegefeuers. Es sah schlimm genug aus, obwohl es sich nur um einen Schwarzweißdruck handelte. Aber schrecklicher war das Bild, das jemand an der alten Linde am Kapellenberg an einem Nagel aufgehängt hatte. Es war unmöglich, daran einfach vorbeizugehen, wenn man den Jammer der im Feuer Stehenden sah. An einem rostigen Draht hingen unter den grellen Flammen des Bilds eine dicke und zehn kleinere hölzerne Kugeln. Wehe dem, der sie bloß zum Spaß auf die Seite schob, ohne für die Armen Seelen zu beten! Wer auch nur eine anrührte, der hatte sich für ein ganzes Gesetzlein des Freudenreichen, des Schmerzensreichen oder des Glorreichen Rosenkranzes verpflichtet. Besser für die Armen Seelen und für einen selber war es freilich, wenn man einen ganzen Rosenkranz betete. Vielleicht gab es eine Arme Seele im Fegefeuer, bei der nur noch ein einziges „Gegrüßet seist Du, Maria" fehlte, damit sie ihre Feuerqualen überstanden hatte. Wie konnte man da an der Linde vorbeigehen, ohne ihnen mit einem Gebet beizustehen? Denn nicht einmal der Pfarrer wußte, wer von den Verstorbenen im Fegefeuer war, aber wenn man ihn danach fragte, sagte er, daß Gebete nie schaden konnten. Falls einer sie nicht mehr brauchte, kamen die Fürbitten einfach einem anderen zugute. Ja, wer heute im Feuer noch lichterloh brannte, der konnte schon morgen bei den Heiligen ein Fürsprecher im Himmel sein. Denn nachtragend war Gott nicht. Auch wer wegen seiner Sünden lange im Fegefeuer hätte bleiben müssen, kam am Ende ganz bestimmt in den Himmel, und dann war ihm alles verziehen worden.

Wenn jemand im Dorf gestorben war, wurde an drei aufeinanderfolgenden Abenden ein Rosenkranz für ihn gebetet. Meistens fanden nur die nächsten Verwandten, die Nachbarn und ein paar von ihren Müttern geschickte Kinder die Zeit dafür. Die Frauen nahmen einen Wachsstock mit in die Kirche. Ich beneidete sie im Winter darum. Während meine Hände von der Kälte steif wurden, konnten sie sich an der Flamme des Dochts wärmen. Manchmal sagten die Angehörigen des Verstorbenen am Ende des Rosenkranzes zum Dank für das Kommen an der Kirchentüre „Vergelt's Gott". Denn alle wußten, daß nur Heilige nicht ins Fegefeuer mußten, aber alle wußten auch, daß jeder, der wohlversehen mit den heiligen Sterbesakramenten gestorben war und alle Todsünden gebeichtet hatte, sich vor der Hölle nicht zu fürchten brauchte.

Die Hölle war nur für die wirklich Bösen, für die Ungläubigen und für die Gottlosen. Ob sie auch für die Evangelischen war? Meine Mutter sagte mir, es sei besser, für sie zu beten, anstatt immer wieder darüber zu sinnieren. Aber, fragte ich sie, wie stellten sich die Evangelischen das Leben nach dem Tod eigentlich vor, wenn sie nicht ans Fegefeuer glaubten? Bildeten sie sich vielleicht ein, mirnichtsdirnichts in den Himmel zu kommen? Da müßten wir Katholiken ja schön dumm sein, wenn wir jeden Sonntag und oft auch am Werktag zur Messe gingen. Ich solle mich schämen, so etwas zu denken und zu sagen, und froh sein, jeden Sonntag in die Kirche gehen zu dürfen. Auch unter den Evangelischen gebe es viele brave Menschen. Das habe sie im Krankenhaus in Memmingen gesehen, wies mich meine Mutter zurecht.

In Oberbalzheim gab es leibhaftige Evangelische. Ich freute mich insgeheim, wenn mir erzählt wurde, daß manchmal die Kirchberger Buben am Abend nach der Maiandacht bis zu den Häusern am Balzheimer Dorfrand gingen und dann mit Steinen nach den dortigen Fenstern warfen. Da merkten die Lutherischen wenigstens, wer den rechten Glauben hatte. Und sicher hörte es die Muttergottes gerne, wenn die Kirchberger Buben dabei Spottverse über Luther und sein Weibsbild hinüberschrien.

Unser Haus lag am Wald und ganz nahe beim Gottesacker. Der Nachbar Ott, der wie der Vater von Fräulein Anna Zimmermann war, mit dessen Kindern ich viel auf der Straße und im Wald herumrannte und der direkt neben der Friedhofsmauer wohnte, wußte Geschichten, die mich ängstigten und nachts nicht schlafen ließen. Manchmal warf ich mich aufs Sofa und vergrub voller Angst den Kopf in den Kissen. Ich hörte aber trotzdem alles, was er erzählte. Scheintote, ja freilich, das gab es. Man war überhaupt nie sicher, ob ein Verstorbener wirklich tot war, wenn er begraben wurde. Man hielt dem Toten bei der Leichenschau eine Feder vor den Mund, um zu sehen, ob sie sich noch bewegte. Sicher hatte der Leichenschauer dabei oft Angst, der Verstorbene könne sich plötzlich rühren, und so hielt er die Feder nicht lange genug an die Lippen. In diesem Fall wurde der Arme begraben, obwohl er noch lebte. Wenn dann ein Scheintoter Stunden nach der Beerdigung im Sarg aufwachte, merkte er erst allmählich, daß er lebendig begraben war. Dann fing er an zu kratzen, in der Hoffnung, daß ihn jemand höre. Aber wer sollte ihn so tief unterm Boden hören, wenn er auch noch bei Nacht aufwachte und niemand auf dem Friedhof war? Einmal, erzählte der Nachbar, und das sei eine Geschichte, die so wahr sei, wie daß er hier auf dem Stuhl sitze, einmal habe in einem Dorf ein später Kirchhofbesucher in einem frischen Grab ein merkwürdiges Geräusch gehört. Da habe er schnell Leute geholt, um mit ihnen das Grab wieder zu öffnen, den Sargdeckel abzunehmen und bei Laternenlicht nach dem am Morgen Beerdigten zu schauen. Furchtbares hätten sie gesehen. Der Mann, der im Augenblick seines scheinbaren Todes kein graues Haar gehabt hatte, sei in wenigen Stunden schneeweiß geworden, und der mit verschlossenen Lidern Eingesargte sei mit wild aufgerissenen Augen und schrecklich verzerrtem

Mund dagelegen. Und was das Schlimmste gewesen sei: die Hände, mit denen der Scheintote am Sargdeckel gekratzt hatte, seien ganz zerschunden und seine Finger bloß noch blutige Stümpfe gewesen, an denen zerfetzte Haut heruntergehangen habe.

Wenn solche Dinge schon im Diesseits passierten, wie mußte es dann erst in der Hölle sein, wo die Teufel, wild herumschreiend und laut fluchend, mit Ofengabeln und Schürhaken die Seelen in die Feuersgluten oder in die siedenden Kessel drückten!

Wie schlimm es im Grab für einen Scheintoten war, das konnten wir bei meinem Onkel Josef in der Schreinerei ausprobieren. Da standen fast immer schon ein paar Särge in verschiedener Größe und Ausführung auf Vorrat herum, denn meistens starben die Leute gerade dann, wenn irgend eine unaufschiebbare Arbeit zu erledigen war oder das Heu für die Kühe eingefahren werden mußte.

Einmal streckte ich mich in einem Sarg aus, und meine Vettern Bruno und Georg legten den Deckel drauf. Als sie sich dann aber zum Spaß auch noch darauf hockten, so daß ich ihn nicht mehr hochheben konnte und mir vor Anstrengung die Luft ausging, wußte ich, wie es einem lebendig Begrabenen zumute sein mußte.

Im Herbst und am Abend wurde der Friedhof unheimlich. Aber im Sommer, wenn die Bienen in den Linden summten und die Sonne auf die Gräber schien, mochte ich den Gottesacker. Dann ging ich am Samstag, bevor ich mit meiner Mutter oder einem meiner Geschwister den Wendelinusweg kehrte, mit meiner Großmutter auf bestimmte Gräber und füllte die ausgetrockneten Weihwasserbehälter. Meine Großmutter hatte sich durch Absprachen bei einigen Bekannten verpflichtet, solange sie noch gehen könne und am Leben sei, dafür zu sorgen, daß man am Sonntag beim Gräberbesuch nicht schon auf hundert Meter Entfernung den Eindruck bekommen konnte, kein Mensch denke mehr an den Verstorbenen. Und weil wir am Samstag sowieso auf dem Friedhof waren, baten immer mehr Leute meine Großmutter darum, sie solle doch für das Weihwasser sorgen. Ich mußte es in Bier- oder Weinflaschen im großen Kupferkessel in der Kirche holen. Freilich hatte ich bald herausbekommen, daß Brunnenwasser von Weihwasser kaum zu unterscheiden und Weihwasser leicht zu verdünnen war. Wenn schon ein winziges Teilchen einer Hostie den ganzen Leib Christi enthielt, dann konnten auch wenige Tropfen Weihwasser jede Menge Brunnenwasser verwandeln.

Aber gegen Allerheiligen rannte ich lieber einige Male zwischen Friedhof und Kirche hin und her, um meine Flaschen mit echtem Weihwasser zu füllen. Jetzt wäre es mir bei meiner Verdünnung nicht mehr wohl gewesen. An den Nebelabenden waren die Armen Seelen wieder viel gegenwärtiger als im Sommer, wenn fast immer die Sonne schien. Falls ich die Verstorbenen hinterging, konnten sie mitten in der Nacht kommen, sich mir auf die Brust legen und sich bei mir beklagen, daß sie wegen meines verdünnten Weihwassers immer noch im Fegefeuer waren, weil damit die Flammen nicht richtig gelöscht werden konnten. Einmal wachte ich beim Gedanken daran auf, rang nach Atem und hörte, wie die Stimme des Gewissens wild im Ohr pochte.

Ich war sieben, als mich meine Schwester Else eines Abends mitnahm, um mir eine aufgebahrte Tote zu zeigen, ihr das Weihwasser zu geben und für ihre ewige Ruhe zu beten. Die unverheiratete, noch junge Frau war in Ulm gestorben, und man hatte mir erzählt, sie sei eine schöne Tote, vor der man keine Angst zu haben brauche. Ich trat hinter Else versteckt in das Zimmer. Die Verstorbene lag sehr bleich zwischen zwei brennenden Leuchtern. Ich wußte, daß jeder, der gestorben und dessen Seele aus dem Leib herausgefahren war, sofort vor den göttlichen Richterstuhl kam und dort erfuhr, ob er für alle Ewigkeit in den Himmel oder in die Hölle oder für eine gewisse Zeit ins Fegefeuer kam.

Zum Glück gab es das Fegefeuer. Wie hätte man sich vorstellen können, daß einer, der vor ein paar Tagen noch fluchend seine Gäule oder Kühe angetrieben oder schimpfend in der Werkstatt gearbeitet und Weib und Kind angeschrien hatte, ohne Aufschub in den Himmel kommen konnte? Oder war es auch nur denkbar, daß eine, die aus lauter Freude über ihren bei der Modistin Fräulein Sälzle gekauften neuen Hut am Sonntag beim Hochamt nur noch an ihn und nicht an ihre Sünden gedacht hatte, einfach in die Hölle kommen sollte, nur weil Hoffart eine der sieben Hauptsünden war?

Man sah der jungen Toten nicht an, wo ihre Seele nun war. Auf einmal aber spritzte meine Schwester Weihwasser auf die Aufgebahrte, nahm mich bei der Hand und zog mich aus dem Raum. Sobald wir uns etwas von dem Haus der Verstorbenen entfernt hatten, fragte mich Else, ob ich es auch gerochen hätte. Ob sie die frischen Blumen oder die brennenden Kerzen meine, fragte ich. Nein, die meine sie nicht, sondern die Tote, die nun schon verwese. Man rieche schon deutlich, daß es für die Beerdigung höchste Zeit sei. Sie habe es deshalb nicht mehr in der stickigen Luft ausgehalten. Jetzt wußte ich, was mich bei der blassen Toten so beklemmt hatte. Am Abend nach unserem Besuch sollte ich noch eine Besorgung im Dorf machen und hätte eigentlich am Haus der aufgebahrten Toten vorbeigehen müssen. Ich machte einen großen Umweg, weil ich Angst davor hatte, sie könne mir vielleicht etwas antun. Noch Wochen nach ihrer Beerdigung mied ich die Straße, in der mich Else gefragt hatte, ob ich es auch gerochen hatte.

Ich wußte auch schon aus eigener Anschauung, was es bedeutete, wenn man einmal begraben war. Eines Tages hatte ich ein totes Eichhörnchen beerdigt, das ich im Wald gefunden hatte. Ich markierte die Stelle mit ein paar Zweigen und streute Blumen darauf. Ein paar Tage später wollte ich nachsehen, was aus dem Eichhörnchen geworden war. Mir fiel vor Entsetzen die Schaufel aus der Hand, als ich den von weißen Würmern wimmelnden und von ihnen durchlöcherten Pelz des Tiers sah. Oder hatte ich meinen Schrecken mit dem Eichhörnchen erst nach dem Besuch bei der jungen Toten erlebt? War ich so kopflos davon gerannt, weil ich geglaubt hatte, die marmorne Feierlichkeit der aufgebahrten Toten sei trotz des süßlichen Geruchs, der um sie war, von längerer Dauer? Aber durfte man den Tod von Menschen und Tieren, die doch keine unsterbliche Seele hatten, überhaupt vergleichen? Freilich, der Tod einer Kuh oder eines Pferds war für die unmittelbar Betroffenen manchmal schlimmer als der eines eben geborenen Kindes, das meistens ohne großes Geleite und unter kurzem, kläglich wimmerndem Gebimmel des Armenseelenglöckleins auf den Friedhof getragen und dort in aller Eile vom Pfarrer schon am frühen Morgen vor der Messe an der Mauer beigesetzt wurde.

Schlimmer als eine Kinderbeerdigung war es, wenn wieder einer von Neubauers Gäulen verreckte. Fast jedes Jahr wurde einer von ihm zusammengeschunden, weil alle seine Pferde vom frühen Morgen bis zum späten Abend, im Sommer auf den Feldern und im Winter im Wald, arbeiten mußten. Im Winter vielleicht noch mehr als im Sommer. Da blieb immer wieder eine seiner Langholzfuhren im Schlamm der aufgetauten Wege stecken, und wenn die Räder dann fast bis zur Achse eingesunken waren, schlug er mit seiner Geißel so lange auf die Gäule ein, bis einer schließlich tot umfiel. Wenn dann der verreckte Gaul mit einem Karren aus dem Wald geholt und auf den Hof geworfen wurde, bis ihn der Schinderknecht holte, dann konnte man sehen, wie schlimm der Tod für den Menschen wäre, wenn er keine unsterbliche Seele hätte und nicht darauf hoffen dürfte, am Jüngsten Tag nach der Auferstehung des Fleisches seinen Leib in verklärter Schönheit wieder zu erhalten.

Und dann fiel eines schönen Tags der junge Alois Neubauer, der unter Anfällen litt, in eine Abort- oder Silogrube. Dort erstickte er, bevor es jemand bemerkte und ihm zu Hilfe kommen konnte. Alois war unverheiratet. Weil er also noch Jüngling war, wurde er in einem weißen Sarg begraben. Vier Kerzenträger aus den ersten Schulklassen begleiteten ihn. Ich war einer von ihnen. Mein Vater war einer der vier Sargträger. Nicht nur, weil er ein Nachbar von Neubauers war, sondern auch, weil er einen Zylinder besaß. Außerdem lebte er mit allen Leuten in Frieden, was fast noch wichtiger war als der Zylinder. Man konnte schließlich nicht vier Leute als Sargträger nehmen, von denen man wußte, daß sie untereinander verstritten waren. Solange die Sargträger rechts und links neben dem Leichenwagen hergingen, konnte nicht viel passieren. Die hinteren mußten nur aufpassen, daß sie den vorderen nicht auf die Fersen traten und daß der Zylinder nicht in den Dreck fiel und, falls es dumm zuging, unter die Räder kam. Wenn eine alte und ausgemergelte Frau begraben wurde, dann war es leicht, einer der Sargträger zu sein, aber wenn der Verstorbene dick und schwer war, kam man auch mitten im Winter ganz schön ins Schwitzen, wenn man ihn vom Leichenwagen lud und dann den Weg bis zu dem vom Totengräber ausgehobenen Grab hinauftrug. Wer sonst daran gewohnt war, jedesmal, wenn er über einen Stein stolperte oder auf Eis ausrutschte, ein „Heiland, Jesus“ oder „Himmel, Herrgott“ auszustoßen und das nun nicht durfte, weil der Pfarrer, die Verwandten und das halbe Dorf hinter ihm hergingen, der mußte sich ganz schön zusammennehmen, und diese Anstrengung war fast noch größer als der zu Fuß zurückzulegende steile Weg zum Grab. Glück hatte man, solange man den Sarg an einem der beiden hinteren Griffe hochheben und tragen konnte. Aber dann mußte man mit den beiden Vorderen die Plätze tauschen, und wenn es eine Zweizentnerleiche war, dann war es nicht zum Lachen. Froh waren alle vier Sargträger, wenn sie ihre Last endlich auf den beiden Bohlen über dem schmalen rechteckigen Loch abgestellt hatten und verschnaufen konnten, während der Pfarrer mit dem Weihwasser den Segen gab und seine Gebete sprach, bevor der Sarg an den vom Totengräber darunter angebrachten Seilen ins Grab hinuntergelassen wurde. Jetzt hieß es aufpassen, damit der schwerere vordere Teil nicht überkippte, der Deckel nicht vom Sarg sprang und die Leiche nicht kopfüber und mit großem Gerumpel ins ausgeschachtete schwarze Loch hineinstürzte. Wenn dann der Totengräber seine Seile nach oben zog, war der spannendste Augenblick jeder Beerdigung vorbei. Jetzt ließen die Angehörigen, die bis dahin nur leise weinend hinter dem Sarg hergegangen waren, ihrem Schmerz freien Lauf. Sie heulten so laut und schneuzten sich so geräuschvoll, daß der Pfarrer eine Weile warten mußte, bevor er weiterbetete: „Wenn Du der Missetaten achten wolltest, Herr, Herr, wer könnte da bestehen, doch bei Dir ist ja Vergebung“. Diese Worte waren immer ein schöner Übergang für die Predigt, die er jedes Mal mit „Andächtige Trauergemeinde“ begann. Ich war manchmal recht gespannt, wie er es fertigbringen würde, den Verstorbenen wegen seines verflossenen Lebens zu loben, auch wenn dieser am Sonntag fast nie zur Kirche gegangen war, wie zum Beispiel Neubauers Alois, neben dessen weißem Sarg ich die brennende Kerze trug.

Verwandte, Sarg- und Kerzenträger waren nach Beerdigung und Requiem alle zum Leichenmahl eingeladen. Aufpassen mußten die Angehörigen, daß sie keine Leute zum Leichenmahl luden, die dann so viel soffen, daß sie am Schluß in der Wirtschaft herumschrien. Der alte Neubauer ließ sich nicht lumpen: Nachdem wir vom Friedhof und von der Kirche zurückgekommen waren, gab es in der Wirtschaft „Zum Schloß“ auch für die Kerzenträger etwas zum Essen. Ich hatte mich immer etwas vor dem Verstorbenen gescheut, wenn er mit seinem struppigen roten Haar auf dem dampfenden Misthaufen vor dem Stall stand. Jetzt schämte ich mich ein bißchen, weil mir der

Kartoffelsalat und die roten Wecken bei seinem Totenschmaus so gut schmeckten.

Nachts träumte mir, mein Vater müsse den toten Alois bei uns in der Schuhmacherwerkstatt einsargen. Ich hatte den Verstorbenen nach seinem Tod zwar nicht gesehen, aber über seinen Unfall war viel geredet worden. So erschien er mir mit blauem und aufgequollenem Gesicht. Auch sein Körper war so aufgedunsen, daß mein Vater zunächst vergeblich versuchte, den Sargdeckel zuzuschrauben. Der tote Alois bäumte sich immer wieder auf, bis ihn mein Vater schließlich übertölpelte, indem er blitzschnell den Sarg vernagelte und auf seinen Rücken schulterte, um ihn auf den nahen Friedhof zu tragen. Aber soweit kam es nicht. Unter furchtbarem Geschrei des Verstorbenen zerplatzte der Sarg.

Solche Eindrücke und Ereignisse zeigten den Friedhof immer wieder als Ort grausamer Bedrohung. Wenn ich mit meiner Großmutter die Blumen auf den Gräbern goß und Weihwasser in die Becken füllte, merkte man nichts davon, und noch weniger, wenn man an Allerheiligen oder Allerseelen hinter Fahnen und Kruzifixen mit dem Pfarrer, rauchfaßschwenkenden Ministranten und vielen anderen auf den Gottesacker ging. Bei Tag konnten die Toten einem nichts anhaben. Wenn man für sie betete, dann hielten sie still. Auf den Grabsteinen stand R. I. P., das heiße „Ruhe in Phrieden“ erklärte mir einer, der es wußte.

Es war gut, wenn die Toten in Frieden ruhten. Die Knochen, die beim Bau der Wasserleitung neben der Kirche auf dem alten Gottesacker gefunden wurden, machten einem kaum noch Angst. Einige Buben spielten sogar einmal mit einem noch ganz gut erhaltenen Schädel Fußball, den sie dort gefunden hatten. Sie kickten ihn solange hin und her, bis er auseinanderbrach.

Auch wenn ich nicht mit jeder Leiche zur Beerdigung ging, so hörte ich doch zu Hause die Stimme des predigenden Pfarrers und den Baß meines Onkels Hermann, der beim Kirchenchor fast nie fehlte. Um Pfarrer und Kirchenchor nicht zu stören, stellte mein Vater in der Werkstatt das Hämmern ein, solange die Leute auf dem Gottesacker waren. „Selig sind die Toten, die im Herrn entschlafen" sangen sie, oder „Über den Sternen, da wird es einst tagen, / Da wird ein Hoffen, ein Sehnen gestillt". Und wer gerne und oft auf den Kapellenberg gegangen war, der wünschte sich, man solle ihm bei der Beerdigung ein Marienlied ins Grab hineinsingen: „Ich gehe, wenn ich traurig bin, / Zur lieben Muttergottes hin" oder „Es blüht der Blumen eine / Auf ewig grüner Au". Das erlaubte, sich die Verstorbenen in wehenden weißen Gewändern auf blumigen Himmelswiesen vorzustellen. Man brauchte nicht daran zu denken, daß sie nun bald in ihren schwarzen Anzügen und dunklen Kleidern verfaulten.

Aber ganz vergessen konnte man nicht, daß die Toten, solange sie nicht zu Erde geworden waren, plötzlich unruhig werden konnten wie eine Schulklasse, die ohne Lehrer ist. Trauen durfte man ihnen nicht, solange sie sich noch nicht daran gewöhnt hatten, daß sie nun wirklich tot zu sein hatten. Wenn es auf dem Friedhof sonnig war, dann hielten sie still, und auch am Allerseelentag, wenn im Nebel an jedem Grab einer betete. Doch wenn der Friedhof am Abend leer war und im Dämmerlicht wegen eines drohenden Nachtfrosts Blumen oder Pflanzen zurückgeholt werden mußten, war es auch den Erwachsenen auf dem Gottesacker nicht mehr recht geheuer. Da fiel es merkwürdig auf, wenn sich bei völliger Windstille ein welkes Kastanienblatt von einem fast schon kahlen Ast löste oder noch jemand, den man nicht sah, hinter Hecken und Grabsteinen zwischen den Gräberreihen schlurfte. Es war wohl besser, wenn man gar nicht wußte, wer das wohl gewesen sein mochte, schnell nach Hause rannte und aufpaßte, daß man in der Eile nicht unversehens am Grab des Selbstmörders vorbeikam, der sich erhängt hatte. Darum hatte man bei seiner Beerdigung keine Glocken geläutet und hatte der Pfarrer an seinem Grab keine Leichenrede gehalten.

Schon mehrere Tage vor Allerseelen gingen die Frauen auf die Gräber, um die verdorrten oder erfrorenen Blumen herauszureißen und den von Wurzeln und welken Blättern sorgfältig gesäuberten Boden mit Tannenzweigen zuzudecken. Manche kauften auch winterfeste Veilchen beim Gärtner, um zu zeigen, wie sehr sie ihre Verstorbenen geliebt hatten. Mein Vater aber erklärte mir, ich dürfe darauf nicht achten, oft lägen die größten und schönsten Kränze auf den Gräbern der Verstorbenen, die zu Lebzeiten kaum ein freundliches Wort von ihren Angehörigen gehört hätten. Der ganze Zauber sei nur wegen der Leute, denen man imponieren wolle, am liebsten wäre es ihm sowieso, wenn es zu Allerseelen schneien würde, damit die verlogene Pracht zugedeckt werde.

Gut für das Geschäft war es, wenn das Wetter vor Allerseelen naßkalt war. Dann kamen die Frauen, die auf den Gräbern gearbeitet hatten, mit blau und rot gefrorenen Fingern und mit steif gefrorenen Füßen. Besonders die Kunden aus Edelbeuren und Bechtenroth, die noch einen langen Heimweg hatten, waren froh, wenn sie sich am Kachelofen in der Werkstatt meines Vaters aufwärmen konnten. Sie hätten klatschnasse Füße, erzählten sie und meinten, daß sie nun bestimmt bald ein Paar neue Schuhe brauchen würden. Da freute sich meine Mutter und goß den Durchfrorenen einen heißen Pfefferminztee auf.

Am schlimmsten aber war es doch, wenn jemand vom Friedhof kam und erzählte, wie arg es zu Hause nun sei, seitdem die Mutter nicht mehr lebte. Gleich nach ihrem Tod sei der Bruder oder der Mann immer böser geworden. Ich mochte es nicht, wenn die Leute dann auch noch zu weinen anfingen, weil mich meine Mutter dann fast immer zu Besorgungen wegschickte. Sie war sowieso wegen der vielen Kunden an den Tagen vor Allerheiligen besonders angespannt, vor allem aber auch, wenn sie daran dachte, daß sie bei dem großen Betrieb im Geschäft auch noch Kränze für die Gräber machen mußte, obwohl sie es eigentlich gar nicht konnte. Viel lieber hätte sie einen Kranz gebacken. Das ging ihr leichter und schneller von der Hand. Sie war eben eine Bäckerstochter und keine Gärtnerstochter. Mein Vater beruhigte sie und meinte, den Armen Seelen sei es sowieso lieber, wenn man für sie bete als für sie kranze.

Meine Großmutter war schon fast achtzig Jahre alt, als sie mitten im Winter eine Lungenentzündung bekam. Weil es in ihrem Stüble in der Berggasse nur den Ofen in ihrem Wohnzimmer gab und meine Mutter nicht ständig hin- und herrennen konnte, wurde die Großmutter mit einem Fuhrwerk zu uns nach Hause gebracht. Damit sie es schön warm hatte, kauften meine Eltern einen Kanonenofen. Alle Leute im Dorf glaubten, sie mache es nicht mehr lange, als eines Morgens der Pfarrer mit einem Ministranten zum Versehgang kam. Ich war dabei, als er ihr nach der Beichte und Kommunion die letzte Ölung gab und ihre Hände und Füße salbte. Meine Mutter hatte für die Zeremonie auf den Waschtisch ein schönes, gestärktes weißes Tuch gelegt und auch zwei auf glänzenden Leuchtern steckende weiße Kerzen angezündet. Der Ministrant klingelte immer wieder, und meine Mutter betete mit dem Pfarrer und mir in der Schlafkammer.

Jetzt hätte meine Großmutter eigentlich ruhig sterben können, und wenn man sie husten, rasseln und röcheln hörte, hätte man glauben können, jeder Augenblick könne der letzte sein. Aber dann ging es der Schwerkranken auf einmal wieder besser. Es war fast wie ein Wunder und um so erstaunlicher, weil meine Großmutter zwar jeden Tag in die Kirche ging, aber nie besonders fromm gewesen war. Als sie dann wieder aufstehen konnte, lachte sie über die letzte Ölung, weil man sich eingebildet hatte, mit ihr sei es schon Matthäus am Letzten. Das habe noch eine gute Weile Zeit, sagte sie mir. Ich war stundenlang bei ihr, um ihren Geschichten zuzuhören. Da sie schon lange fast nichts mehr hörte, redete sie am liebsten selber und fragte mich nach den Leuten im Dorf, sobald sie nach ihrer Besserung wieder auf alles neugierig geworden war. Ich ging ganz nahe an eines ihrer Ohren, um ihr meine Antwort hineinzuschreien, und wenn die Großmutter mich trotzdem nicht verstanden hatte und immer wieder „he?“ fragte, schrie ich noch lauter. Mein Vater, der mich bis in der Werkstatt unten hörte, freute sich, daß seine Mutter in mir einen so guten Unterhalter gefunden hatte.

Im Frühjahr konnte die Großmutter wieder ins Stüble ziehen, und im Sommer versorgte sie die Gräber mit mir sogar wieder mit Weihwasser, und wenn sie mich dabei beobachtete, wie ich es verdünnte, lachte sie und spottete, damit lasse sich das Fegefeuer vielleicht nicht so gut löschen, aber es schade wohl auch nicht, wenn der oder jene noch ein bißchen länger drinbleiben müsse. Als die Großmutter im kommenden Winter achtzig wurde, stand es sogar in der Zeitung. Ich zeigte es ihr. Damit sie besser sehen konnte, was über sie geschrieben worden war, setzte sie sich die Brille auf. Als sie aber las, daß sie noch jeden Tag die Zeitung ohne Brille lese, nahm sie sie schnell wieder ab, damit auch alles stimmte, was über sie drinstand. Dann mußte ich den Artikel mit der Schere ausschneiden, und sie zeigte ihn künftig allen, die zu ihr ins Stüble kamen. Sogar mir zeigte sie den Artikel fast jedes Mal, wenn ich zu ihr kam, und fragte mich, ob ich ihn schon gesehen hätte.

Bevor meine Großmutter am Monatsersten auf der Post ihre Rente abholte, kam sie immer mit der vorgedruckten Quittung zu meinem Vater. Der mußte ihr helfen, den Zettel richtig auszufüllen, obwohl sie genau wußte, daß sie zehn Mark bekam. Wichtig war ihr, daß sie mit dem schon unterschriebenen Zettel zur Post kam. Man wußte nie, ob dort die Feder nicht kratzte, die Tinte nicht zu dick oder zu dünn war oder sie mitten beim Unterschreiben jemand stoßen würde. Bei meinem Vater konnte die Großmutter zuerst auf einem Stück Papier ein paar Mal ausprobieren, ob es mit Tinte und Feder seine Richtigkeit hatte. Wenn die Unterschrift endlich auf der Quittung stand und alle, die in der Nähe waren, die Großmutter lobten, weil sie wieder einmal besonders schön geschrieben hatte, schüttelte sie den Kopf, während sie auf den noch feuchten oder auch schon längst eingetrockneten Namenszug Agathe Hösle blies, und sagte jedesmal, früher hätten wir ihre Unterschriften sehen sollen. Da habe sie noch viel mehr Schwung hineingebracht.

Weil die Großmutter ganz in der Nähe der Schule wohnte, ging ich in der Pause immer zu ihr ins Stüble, um mir ein Vesperbrot abzuholen. Sie saß dann immer schon am Fenster, wartete auf mich und hatte mir bereits ein Butterbrot gestrichen. Sobald ich bei ihr war, holte sie dann zwei Zuckerwürfel und rieb sie über dem Brot aneinander. Ich wußte, daß sie es deshalb tat, weil bereits gestoßener und gemahlener Zucker teurer war und weil sie mit ihm nicht so sparsam hätte umgehen können.

Drei Jahre nach ihrer Krankheit fing die Großmutter wieder an zu husten. Weil hinten am Kapellenberg für die neue Wasserleitung die Rohre verlegt wurden und überall Gräben waren, konnte man die Großmutter dieses Mal nicht mit dem Fuhrwerk holen. Mein Vater setzte sie, in Decken gewickelt, auf einen Schubkarren, mein Bruder und ich hielten sie rechts und links, damit sie nicht herunterfiel. Jetzt war wirklich Matthäus am Letzten. Deshalb schickte meine Mutter gleich zum Pfarrer, der am nächsten Morgen wieder die letzte Ölung brachte, und schon am Tag darauf sagte mir mein Vater, heute nacht sei die Großmutter gestorben. Sobald sie angezogen und aufgebahrt sei, könne ich ihr das Weihwasser geben, weil sie ganz ruhig gestorben sei. Die Großmutter sei wirklich nicht zum Fürchten. Und so war es auch.

Der Vater meines Freundes Bernhard Weckemann, der Steinmetz war und Grabsteine verkaufte, konnte sich über den Tod meiner Großmutter freuen, denn mein Onkel Josef, dem es nicht an Geld fehlte, bestellte schon bald nach ihrer Beerdigung einen großen Grabstein aus weißem Marmor bei ihm. Mein Onkel wollte später einmal neben seiner Mutter beerdigt werden. Er sagte dem Steinhauer genau, was er auf den Marmor zu meißeln hatte: „Hier schlummern ihrer seligen Auferstehung entgegen" ließ er über den Namen und das Geburts- und Sterbedatum meiner Großmutter schreiben. Außerdem war auf dem Stein eine Schmerzhafte Muttergottes mit dem toten Jesus. Daran, aber auch an den Worten über die selige Auferstehung und an der Größe des Steins konnte man sehen, daß die Großmutter einen Sohn hatte, der Lehrer in Ulm war und der später neben ihr begraben werden wollte. Bernhards Vater mußte alle Männer in der Nachbarschaft zusammenrufen, damit sie ihm dabei halfen, den schweren Stein mit dem zweirädrigen Karren bis zum Grab meiner Großmutter hinaufzuschieben. Ich lief wie andere Buben aus der Nachbarschaft hinter ihnen her. Als der Stein endlich stand, sagte einer, der sich den Schweiß von der Stirne wischte, er hoffe nur, daß er einmal bei der Auferstehung nicht hinter so einem schweren Gewicht hervorkriechen müsse. Für den Steinhauer sei dies freilich gut: Je schwerer der Stein sei, desto schwerer werde auch die Rechnung.

X. 1939/40

Im März 1939 begleitete mich mein Vater in einem vom Fuhrunternehmer Föhr gefahrenen großen Auto zusammen mit zwei anderen Vätern und deren Söhnen, Karl und Herwig, zur Aufnahmeprüfung nach Memmingen an die dortige Knabenoberschule, wo ein Jahr vor uns als erster vom Dorf Max Röhrle, ein Sohn des Wirts „Zum Falken", angemeldet und aufgenommen worden war. Das bischöfliche Konvikt und das katholische Schülerheim Sankt Joseph in Ehingen an der Donau waren geschlossen worden. Sonst hätte der Pfarrer mich wohl dorthin vermittelt, aber ich wäre ungern in die Fremde gegangen.

Memmingen, dessen Türme man an klaren Tagen vom Kapellenberg aus sah, war eine richtige Stadt. Da passierten Dinge, die man sich bei uns in Erolzheim kaum vorstellen konnte. Besonders vom Jahrmarkt wurde Unglaubliches erzählt. Über das kleine Karussell, das am Fest nach Erolzheim kam, konnte man nur noch lachen, wenn man das Riesenrad in Memmingen gesehen hatte. Schießbuden gab es in Memmingen, aus denen sich pfundige Weiber mit so weit ausgeschnittenen Blusen herausbogen, daß man fast ihren Bauchnabel sehen konnte. Geisterbahnen gab es mit ständigem Gekreische der dort Herumfahrenden, das einem durch Mark und Bein ging. Und in einer anderen Bude gab es Spiegel, die einen wie einen Faden in die Länge zogen oder wie einen Pfannkuchen zusammenquetschten, daß es einem ganz eigen zumute wurde und man froh sein konnte, wenn man wieder draußen war.

Einmal erlebte ich mit meinem Bruder Josef, der an einem festgesetzten Tag in der Woche zur Gewerbeschule nach Memmingen mußte, etwas, was wir daheim lieber gar nicht erzählten. Von der Tür einer Bude her winkte uns ein auf ein Brett gemalter roter Teufel mit krummem Finger zu sich. Neben dem Gehörnten zeigte ein Mann seine Muskeln. Der hatte ein nacktes Mädchen und eine Palme auf die Brust tätowiert. Hinter ihm stand eine Frau: Das Hurenmensch lugte mit Schmachtaugen zu ihm her. Es hatte einen schwarzen Rock mit einem langen Schlitz an, so daß man den ganzen Schenkel sehen konnte. Das Weibsbild war ziemlich dürr, wackelte dafür aber mit dem nackten Bauch. Es trug einen goldenen Büstenhalter, den hätte sie aber bei ihrer Magerkeit gar nicht gebraucht. Doch als sie mit ihren Kastagnetten zu klappern anfing, wurde es einem ganz komisch zumute. Und da stand Josef auf einmal an der Kasse und zahlte, obwohl der Preis für den Eintritt teuer genug war. Ihm war es auf einmal so vorgekommen, als habe die Künstlerin hinter ihren langen schwarzen Wimpern nur noch ihn angeschaut. Da hatte er einfach nicht mehr anders gekonnt. Zuerst ging sie über lange blitzblanke Messer und schnitt sich dabei doch nicht blutig. Das war vielleicht ein Trick. Aber dann kam das Tollste. Der Tätowierte suchte einen mutigen jungen Mann, der sich nicht davor scheute, mit dem gegen schneidende Messer gefeiten Weib „eine Liebesnacht in der Hölle“ zu verbringen. Als sich lange keiner meldete, fragte er sie, welchen jungen Mann sie am liebsten in ihre dunkle Kabine mitnehmen würde. Sie guckte in die Runde und sah plötzlich einen an. Da meldete der sich freiwillig. Ich sah ihn mit hochrotem Kopf hinter einem Blechverschlag verschwinden. Einige in der Bude lachten. Als eine Weile gar nichts passierte, wurden alle still. Aber auf einmal flogen die Jacke, der Pullover und die Hose des jungen Manns heraus, und schließlich knallte ein Schuß. Dann wankte er aus seiner Blechkabine in grelles und blendendes Licht und wurde von allen ausgelacht, weil er in einem alten seidenen Unterrock, Socken und Schuhen auf der Bühne stand.

Ich wurde sehr aufgeregt, als mir mein Vater bei der Aufnahmeprüfung in Memmingen nach ein paar Stunden sagte, ich müsse in Mathematik noch ins Mündliche, weil ich im Schriftlichen Fehler gemacht hatte. Ich war vor allem deshalb aufgeregt, weil ich fürchtete, ich könne bei den Antworten auf die Fragen wieder anfangen zu stottern. Zum Glück hielt ein bayrisch redender komischer Lehrer, der viel schnupfte und ein paar Mal in ein schmutziges Taschentuch schneuzte, die Prüfung ab. Er hieß Professor Rubenbauer und fuhr mit seinen beiden Daumen immer wieder zwischen Hemd und Hosenträger, zog diese nach vorne und ließ sie dann plötzlich wieder zurückschnellen. Er wollte mir zeigen, daß er es gut mit mir meinte. Das merkte ich gleich. Darum stellte er mir Textaufgaben, bei denen es um Geld und Bier ging. Um mich nicht gleich mit Mathematik zu quälen, erkundigte er sich zunächst einmal nach den Namen der Wirtshäuser in meinem Dorf. Ich solle sie ihm einmal schön gemütlich aufzählen. Ich nannte ihm die Wirtschaften „Zum Kreuz“, „Zum Ochsen“, „Zum Schloß“, „Zum Falken“, „Zum Hirsch“, „Zum Adler“, „Zum Sand“, „Zum Waldhorn“, „Zum Rad“. Da staunte er und kriegte richtig Respekt vor mir, weil es so viele Wirtschaften in Erolzheim gab. Aber, sagte er mir, da müsse ich mich doch bei den vielen Wirtschaften in meinem Dorf schon manchmal gefragt haben, was denn so ein Wirt verdiene, wenn der für ein Faß soundsoviel bezahle und dann für eine Maß oder eine Halbe soundsoviel verlange. Ob ich ausrechnen könne, was er an einem Faß mit hundert Litern Bier mit hundert Halben und fünfzig Maß verdiene. Da lachte ich und sagte ihm, daß ein geschickter Wirt durch den Schaum auf dem Glas immer auch noch ein paar Halbe einsparen könne. Und weil ich seine Bierrechnungen so gut verstand und richtig machte, ließ er vor lauter Freude seine Hosenträger gleich ein paar Mal zurückschnellen und sagte mir, ich hätte die Prüfung bestanden.

Und so war ich wie Karl und Herwig in die Knabenoberschule aufgenommen, und alle Väter spendierten in der Wirtschaft „Zum Schiff“ ihren Söhnen eine rote Wurst. Es wäre schön gewesen, in Ruhe zu essen, doch auf dem Tisch lag eine Zeitung, auf der stand in fettgedruckten Buchstaben, Memel sei von deutschen Truppen befreit worden. Aber mein Vater redete mit den zwei anderen Vätern, die mit ihm nach Memmingen gekommen waren, lieber nicht über Politik, damit er nicht Dinge sagen oder hören mußte, über die man in einer Wirtschaft besser nicht redete. Wir kamen zwar vom Dorf, waren aber nicht so dumm, nicht auch zu wissen, daß es überall Aufpasser und Spitzel gab, die einen anzeigen konnten, wenn man zuviel sagte.

Mit dem Schulwechsel geriet ich aus dem gleichmäßigen alltäglichen Rhythmus. Statt auf den Weg zur Kirche machte ich mich mit den anderen Buben auf den Weg nach Memmingen. Zuerst fuhr ich mit ihnen nach dem sechs Kilometer weit entfernten Kellmünz mit dem Fahrrad zum Bahnhof, und dann nach dem siebzehn Kilometer weiten Memmingen mit dem Zug. Da ich noch nicht richtig radfahren konnte, hatte Josef in den Monaten vor dem Schulanfang in Memmingen immer wieder mit mir geübt, bis er halbwegs mit mir zufrieden war. Im Sommer und wenn der Gegenwind nicht zu scharf blies, war der Weg nicht so schlimm, aber im Winter, wenn ich nachmittags nach Hause kam, hielt mein Vater, der zum Glück immer eine warme Werkstatt hatte, oft meine vor Kälte schmerzenden Hände und sprach mir Mut zu.

Bald gab es den Memminger Jahrmarkt mit seinem Riesenrad und den vielen Buden gar nicht mehr. Inzwischen hatte der Krieg angefangen, und es gab Wichtigeres. In den ersten Kriegstagen hatten auch wir einen Volksempfänger gekauft, und dort kamen immer wieder Sondermeldungen über alle möglichen Siege, und das Fanfarengeschmetter aus dem Radio wollte gar nicht mehr aufhören. Kirchenglocken hörte man daneben fast gar nicht mehr. Ich dachte mir oft, wieviel schöner es wäre, auf den Kapellenberg zur Schmerzhaften Muttergottes zu Messe und Andacht zu pilgern, als auf dem Memminger Schulhof stramm zu stehen und dort mit ausgestrecktem Arm mit den anderen „Deutschland, Deutschland über alles“ und „Die Fahne hoch“ zu singen, wenn die Flagge gehißt wurde. Ob die Lehrer katholisch, evangelisch oder gar nichts waren? Ob es gar „Gottgläubige“ unter ihnen gab? Die wären schlimmer als Heiden gewesen. Ob diejenigen, die das Parteiabzeichen auf ihrem Jackenaufschlag trugen, dies aus Überzeugung oder aus Angst taten? Konnte man den Klassenkameraden trauen, wenn man ihnen zu verstehen gab, daß man katholisch war und sich über den Krieg nicht freute?

Daß man gerade bei den Memmingern aufpassen mußte, das wußte ich. Die hatten es ganz besonders wüst gemacht, als in der Reichskristallnacht die Synagoge angezündet, in allen jüdischen Geschäften die Fenster eingeschlagen und viele Juden ins Konzentrationslager nach Dachau geschickt wurden. Wie schlimm es für die Juden war, das sah ich daran, daß eines Tages ein auch mir gut bekannter Lederlieferant meines Vaters nicht wie sonst durch die Ladentür zu ihm kam. Er benutzte den zum Wald hinausführenden hinteren Hauseingang, weil er sich von uns verabschieden wollte. Er komme so verstohlen, damit uns niemand anzeige, sagte er zu meinen Eltern. In Erolzheim wohnten zwar keine Juden, aber einmal sah ich auf dem Bahnhof in Fellheim, wo der Zug auf der Hinfahrt immer kurz hielt, eine Gruppe meist alter Männer mit weißen Bärten und ihre Frauen, die einen großen gelben Davidstern auf ihren Jacken trugen. Einige von ihnen weinten.

In Memmingen gingen fast alle Schüler vom Land in die b-Klassen, die in den a-Klassen hatten den Vorzug, daß sie nicht so früh aufstehen mußten und im Winter nicht mit steifgefrorenen Fingern und Zehen zur Schule kamen. Wenn Festliches veranstaltet wurde, dann wirkten vor allem die Buben aus der Stadt mit. Wie hätte ich aber auch mit meinem Bleyleanzug neben den vornehm gekleideten Knaben aus den guten Memminger Häusern ausgesehen? Mit aller Deutlichkeit ging es mir auf, als bei einer Schulfeier am Nachmittag ein Schüler aus der a-Klasse ein Gedicht vortrug. Daß Knaben so schön angezogen und frisiert sein konnten, das hatte ich bis zu diesem Augenblick nicht gewußt. Er war nicht verlegen und stotterte nicht, als er in einwandfreiem Hochdeutsch sprach: „Ich trat vor ein Soldatengrab / Und sprach zur Erde tief hinab: / Mein stiller, grauer Bruder du, / Das Danken läßt mir kein Ruh". Aber wenn er auch nicht stotterte und alles so schön aussprach, daß wir uns ein Beispiel an ihm nehmen konnten, so wußte ich doch, daß die vorgetragenen Verse erstunkene und erlogene Propaganda waren.

Wie schlimm es war, wenn man sterben mußte, das sah ich, als mein Vater am ersten Samstagabend im September 1940 auf einmal sagte, es sei ihm nicht recht wohl. Seine Pfeife hatte er, nachdem er ein paar Wochen zuvor bei Dr. Pfuhler gewesen war, auf den kalten Kachelofen in der Werkstatt gelegt und nicht mehr gestopft und angezündet. Mitten in der Nacht weckte die Mutter uns und schickte Josef zum Doktor und mich zur Schwester und zum Pfarrer. Am Sonntagabend kam dann ein Krankenwagen aus Ulm, weil der Arzt, der zuerst gedacht hatte, es handle sich um eine Nierenkolik, nun plötzlich meinte, für Memmingen sei der Fall zu kompliziert. Es half aber alles nichts. Am Mittwoch fuhr uns Onkel Hermann mit seinem Auto zu dem Sterbenden, und schon am Freitag brachte ihn ein Leichenwagen zur Beerdigung wieder. Es hatte auch nicht geholfen, daß wir fast die ganzen Tage gebetet hatten. Am Sonntag, kurz bevor mein Vater nach Ulm gebracht wurde, kam die Frau des Schlossers Schaupp sogar mit einem wunderkräftigen Öl. Es sei von der Heiligen Rita. Aber warum sollte gerade die Heilige Rita uns helfen, wo wir doch noch nie zu ihr gebetet hatten? Es nutzte auch nichts, daß ich am Montag mit Fräulein Anna betend zum Kapellenberg hinaufpilgerte und mit ihr für meinen Vater eine Kerze stiftete. Ich sah auf einmal, daß die Heiligen, wenn man etwas von ihnen brauchte, immer gleich dreinguckten. Da kam es mir auf einmal vor, als seien sie nichts anderes als ein bißchen bemalter Gips oder geschnitztes, wurmstichiges Holz. Das waren entsetzliche Gedanken. Man mußte sie unterdrücken. Mit allen Mitteln. Ich wußte, daß sie einem der Teufel eingab, damit man glauben sollte, Gebete hülfen auf der Erde und auch im Jenseits nichts. Wie furchtbar aber mußte es für eine Arme Seele sein, wenn sie spürte, daß die Hinterbliebenen nur noch ein paar Gebete aufsagen oder eine Messe lesen lassen müßten, damit sie aus dem Fegefeuer herauskam. Auch mein Vater war jetzt eine Arme Seele. Aber wir brauchten uns keine Sorgen um ihn zu machen. War es doch fast wie ein Wunder gewesen, daß kurz bevor er das Bewußtsein verlor, ein mit uns gut bekannter junger Pfarrer aus Bollsberg in Ulm von der Erkrankung meines Vaters gehört hatte, zu ihm geeilt war und mit uns gebetet hatte. Da schämte ich mich meiner gotteslästerlichen Gedanken. Mein Vater war zwar gestorben, würde aber bald im Himmel sein, wenn ich ihn nicht vergaß und immer wieder sagte: „Herr, gib ihm die ewige Ruhe. / Und das ewige Licht leuchte ihm. / Herr, laß ihn ruhen in Frieden, AMEN“.

Nachbemerkung

Namen von Orten, Straßen, Personen dieser Geschichte einer Kindheit aus den dreißiger Jahren sind, von nie auszuschließenden Versehen einmal abgesehen, unverändert beibehalten worden. Anders verhält es sich mit dem Erzählten. Bereits meine Grundschullehrerin, Fräulein Luise Wadel, die mich vom Frühjahr 1935 bis zum Frühjahr 1938 mit fünf oder sechs Dutzend anderer Schüler in einer drei Jahrgänge umfassenden Einklassenschule unterrichtete, scheint nicht ganz ohne Sorge festgestellt zu haben, daß ich es von Kindesbeinen an eher mit der Dichtung als mit der Wahrheit hielt und das Verhältnis zwischen emotiven und rationalen Komponenten bei mir unausgeglichen war. Ihre Beurteilung des Neunjährigen hält dies unüberhörbar fest: „Stark gefühlsmäßig eingestellt. Leicht erregbare Phantasie und lebhafte sprachliche Ausdrucksweise. Stottern tritt manchmal stärker, dann wieder schwächer bei ihm auf“.